NUMA E A NINFA

LIMA BARRETO

ubook ubk Publishing House

ubook ubk Publishing House

EDIÇÃO Vinícius Nascimento
REVISÃO Cristina Barcia
PROJETO GRÁFICO Clarissa Duarte
CAPA E DIAGRAMAÇÃO Cristiano Marques

Dados Internacionais de Catalogação na Publicação (CIP)
(Câmara Brasileira do Livro, SP, Brasil)

Barreto, Lima, 1881-1922

Numa e a Ninfa / Lima Barreto. -- 1. ed. -- Rio de Janeiro : Ubook Editora, 2024.

ISBN 978-85-9556-648-4

1. Romance brasileiro I. Título.

24-191403 | CDD-B869.3

Índices para catálogo sistemático:

1. Romances: Literatura brasileira B869.3

Aline Graziele Benitez - Bibliotecária - CRB-1/3129

Ubook Editora S.A

Av. das Américas, 500, Bloco 12, Sala 207,
Barra da Tijuca, Rio de Janeiro/RJ.
Cep.: 22.640-100
Tel.: (21) 3570-8150

Caro leitor,

É com grande prazer que apresentamos *Numa e a Ninfa*, um clássico da literatura brasileira. Nesta edição, algumas palavras e expressões foram atualizadas para tornar a leitura mais acessível e compreensível para os leitores contemporâneos. No entanto, é importante ressaltar que as características e elementos fundamentais do livro foram preservados e mantidos intactos. Essa obra tem o ambicioso objetivo de ajudar os estudantes e despertar neles o interesse pela literatura clássica brasileira, levando-os a explorar outras obras e autores do nosso patrimônio literário. Esperamos que esta edição de *Numa e a Ninfa* possa continuar encantando os leitores, mantendo vivo o legado e a beleza da obra de Lima Barreto.

Boa leitura!

SUMÁRIO

1

O grande debate que provocara na Câmara o projeto de formação de um novo Estado na federação nacional apaixonou não só a opinião pública, mas também (o que é extraordinário!) os profissionais da política.

Em torno do projeto, interesses de toda a ordem gravitavam. Um grande número de cargos políticos e administrativos iam ser criados; e, se bem que a passagem do projeto de lei não fosse para já, os chefes, chefetes[1], subchefes, ajudantes e capatazes políticos se agitavam, pediam, desejavam e sonhavam com este e aquele lugar para este ou aquele dos seus apadrinhados.

De resto, além desse resultado palpável do projeto, havia nele outro alcance que só os profissionais da política entreviam. Com a criação de um novo Estado nasceria naturalmente uma nova bancada da representação nacional no Senado e na Câmara; e o partido dominante, republicano radical, temia não eleger a totalidade dela.

---

1 Forma pejorativa para se referir a uma pessoa que não está à altura do cargo que ocupa [N.E.]

Bastos, o seu poderoso e temido chefe, que detinha o domínio político do pais, hesitava em apoiar ou contrariar francamente o projeto e, a respeito, só tinha frases vagas e gestos de duvidoso sentido. Os seus correligionários, os muitos que lhe obedeciam cegamente, sem a palavra devida, não sabiam o que dizer; e os mais atarantados eram os seus jornalistas e parlamentares. Uns apoiavam, outros, combatiam; outros, ainda, ora apoiavam, ora combatiam.

Essa desordem nos arraiais políticos, essa interrupção do trilho guiador, excitava os ânimos dos legisladores, preocupados, todos, quer combatessem, quer apoiassem, em agradar o chefe e revelar que haviam descoberto o pensamento oculto de Bastos — porque o Congresso era todo deste, a não ser uma reduzida minoria que, no afã de combatê-lo, ora dizia não, ora sim, conforme supunha que Bastos queria ou não a criação de uma nova unidade federal.

Alguns deputados cortaram as relações amistosas, tão somente porque, um deles, no calor da discussão, proferira um comentário mais veemente, quase sem reflexão.

Dizia-se à boca pequena que o projeto tinha por fim acrescer a representação federal de jeito que, na próxima legislatura, tivesse o Congresso os dois terços necessários para rejeitar o "veto" ao projeto de venda de uma das mais importantes propriedades nacionais. Cochichavam que tal influência receberia tanto; que tal outro já havia recebido metade da gratificação prometida; que a esposa de um diplomata também tinha interesse no negócio, além de apontarem outros padrinhos, já conhecidos por todos, como protetores de tais cambalachos.

Ao certo, o que havia em torno da proposição parlamentar, o grosso público não sabia, e que ela podia trazer no bojo tudo o que se dizia, era admissível. A imitação do regime político dos Estados Unidos não ficou restrita à Constituição; aos poucos, como consequência ou não, conscientemente ou sem pensamento anterior, a imitação se estendeu aos seus escusos processos de traficâncias em votos e medidas de governo.

A massa, a população interessava-se pelo debate e pesava argumentos, sem suspeitar que tanto esforço de inteligência escondesse uma vulgar mascateação ou um arranjo de políticos.

Fosse a importância do assunto ou fossem os interesses subalternos em jogo, o certo é que ocuparam a tribuna os mais mudos deputados, e os mais céticos foram ainda encontrar, no fundo deles mesmos, ardor e vigor combativos.

Entre as revelações parlamentares que surgiram no momento, uma causou espanto. Era quase desconhecida da Câmara, e completamente do público, a existência do Deputado Numa Pompílio de Castro.

Apesar de nome tão auspicioso para o ofício de legislador, os próprios contínuos[2] não lhe guardavam com facilidade nem o nome nem os traços fisionômicos. Durante muito tempo, chamaram-no de Nuno; e, nos primeiros meses de seu mandato, frequentemente impediram-lhe a entrada em certas dependências, a menos que o fizesse pela porta por onde penetrara na véspera. Reconhecido e empossado, não deu sinal de si durante o primeiro ano e meio de legislatura. Passou todos esses longos meses a dormitar na sua bancada, pouco conversando, enigmático, votando automaticamente com o líder e designado pelos informados como o *genro do Cogominho*. Era o deputado ideal; já se sabia de antemão a sua opinião, o seu voto, e as suas presenças nas sessões era fatal. Se na passagem de algum projeto, anteviam dificuldades na obtenção da maioria, contavam logo com o voto do "genro do Cogominho".

— Ele vota conosco. — diziam os cabalistas.

A questão é saber o que o Bastos quer e o líder manda. A sua colaboração, por esse tempo, para a felicidade nacional, se não foi fecunda, foi das mais tácitas de que se há notícia.

O deputado Pieterzoon, um gordo descendente de holandês, mas cuja malícia não tinham nem o peso do seu corpo, nem o da sua raça, disse certa vez:

— Numa ainda não ouviu a Ninfa; quando o fizer, ai de nós!

---

2 Trabalhadores contratados para as mais diversas funções [N.E.]

O deputado Salvador, que ouviu a frase indagou:

— Ele é fauno?

O homenzinho tinha visto um quadro — *Ninfas e Faunos*[3] — e não havia meio de se separar na sua inteligência uma coisa da outra. Pieterzoon redarguiu:

— Não sei, meu caro, mesmo porque não se está bem certo de que os faunos fossem mudos.

Foi, portanto, com extraordinária surpresa, que se viu o deputado Numa tomar a palavra e fazer um discurso valioso. Parecia um milagre ver aquele sujeito tão mudo, tão esquivo, tão aparentemente sem ideias, lidar com as palavras, organizá-las convenientemente, exprimindo-se com bastante lógica.

A sua argumentação foi até das mais perfeitas e eruditas, sem que a erudição perturbasse a concatenação, a seriação lógica da tese a demonstrar. Mostrou que a nossa federação não atendia a tradições locais de costumes, de língua ou/e história; que não foram pequenos países que se uniram por ter um liame comum, mas, tão somente um imenso país que se dividiu e procurou com uma mais ampla autonomia local, perfeição administrativa; e, assim sendo, não se compreendia nem o "patriotismo estadual" nem a existência de desmedidos Estados, verdadeiros impérios.

Os representantes dos jornais, não contando com tão inesperada revelação, denunciaram o entusiasmo com calorosos elogios publicados nas suas folhas, ao dia seguinte.

Dizia *A Aurora*:

> *"O debate sobre a formação do Estado de Guaxupé (projeto 244-A), se outro serviço não prestou, pelo menos teve a vantagem de ter revelado ao país um poderoso orador. O sr. Numa Pompílio, até agora considerado como uma perfeita excelência parlamentar, produziu ontem um discurso cheio de critério, em que se notam saber, elegância e propriedade de frases."*

---

3 Referência à obra do pintor realista francês Jean-Baptiste-Camille Corot (1796-1875) [N.E.]

Na seção competente, *O Intransigente* noticiava:

"Ontem, na Câmara, naquele indecente abrigo de caixeiros, de oligarcas abandalhados, houve novidade. O sr. Numa de Castro, que até o dia de ontem era tido por idiota, revelou-se um orador. É verdade que não pode emparelhar-se com os grandes oradores da Câmara. Faltam-lhe imagens, o seu vocabulário é pobre, a sua construção é rasteira; fala como conversa; quase terra à terra[4]*, sem as imagens que tanto tornam notável o sr. Gracimundo Rocha. O seu discurso foi ouvido no maior silêncio e impressionou francamente a Câmara. Ainda bem que isso lhe desculpa um pouco o ser associado à deslavada oligarquia dos Cogominhos."*

Um outro jornal, que se tinha por neutro, e aqui e ali, encontravam--se nele opiniões bem firmadas, contava a estreia da seguinte forma:

"O sr. Numa Cogominho parece ter esperado o momento oportuno para revelar-se. Até agora, depois de ter entrado para a Câmara, os trabalhos parlamentares têm se limitado a discussões corriqueiras de projetos pessoais, de mediocridades políticas e mesmo do estafado orçamento. A sua cultura histórica e o seu saber sociológico pediam outros pretextos para se revelarem. Ontem, eles foram encontrados na discussão do projeto n.º 244-A. Toda gente sabe de que cuida esse projeto, mas o que toda gente não supôs era de que maneira elegante e sábia, ao mesmo tempo, ele podia ser tratado. O sr. Numa fez isso e com muita discrição oratória, poucos tropos, sem guirlandas de frases. É simples a sua maneira de falar, calma e sóbria, sem nada daquilo que os latinos chamavam de asiático. Pode-se dizer dela o que já se disse do estilo de Descartes: 'il n'a que des idées et pas de style visible.[5]*"*

Antes que acabasse a semana, as revistas ilustradas *Os Sucessos*, *A Nota* e *O Mequetrefe* publicaram o retrato da nova glória parlamentar e a primeira, a sua biografia desenvolvida. A repercussão do triunfo foi

---

4 Mesmo que trivial, corriqueiro [N.E.]

5 Em tradução livre: *ele tem ideias, mas nenhum estilo visível* [N.E.]

tal que, quando, dias após, o dr. Numa atravessou a rua do Ouvidor, trazendo ao lado a mulher, era já uma celebridade apontada e gloriosa.

Aquela gente que a enche, gente habituada a respeitar as glórias retratadas nas revistas ilustradas e gabadas diariamente nos cotidianos, reconheceu-o e olhou-o com o alto respeito que se deve a um grande orador parlamentar.

Numa caminhava acanhado, de cabeça baixa, trôpego um tanto, mas a mulher, D. Edgarda, pisava com segurança, muito naturalmente, e com a fisionomia cheia de alegria contida.

Esforçava-se por não perder o que diziam; e, ao menor comentário feito à glória do marido, procurava de soslaio ver no grupo de quem partia. Os seus olhos, ao chegar aos cantos das órbitas, fulguravam um instante e rapidamente se punham na posição normal. Se parava para falar a um conhecido, a alegria contida arrebentava em demorados sorrisos e frases meigas, dirigidas às amigas ou aos filhos destas, se as acompanhavam; e nunca o seu longo olhar foi tão longo e tão líquido, e nunca brilhou tanto o esmalte de seus dentes na concha rosada dos seus lábios.

Desceram assim os dois lentamente a rua, parando aqui e ali, gozando aos goles o licor inebriante do triunfo. Cumprimentos não faltavam. Numa era detido por este e aquele, mas, dos muitos que o cumprimentaram, um ele apreciou sobremodo. As palavras do Inácio Costa foram-lhe ao fundo d'alma. A mulher não as ouvira bem, ficara atendendo outro conhecido e Costa passara a dizer:

— Meu caro dr. Numa, gostei imensamente do seu discurso. Para mim, achei nas suas palavras um bálsamo tranquilizador e patriótico. Estávamos voltando muito ao carrancismo egoísta dos conselheiros monárquicos. Os princípios republicanos estavam sendo esquecidos. Precisamos sempre reavivá-los. Ao mais digno! É o que penso!

Este Costa era funcionário público e fora da Escola Militar, donde trouxera umas fórmulas positivistas e uma forte crença nos efeitos milagrosos da palavra *república*. Havia no seu feitio mental uma grande incapacidade para a crítica, para a comparação, e fazia depender toda a felicidade da população numa simples modificação na forma de transmissão da chefia do Estado. Passara pelos jacobinos, florianistas e tinha a intolerância que os caracteriza, e a ferocidade política que os caracterizou.

Feroz e intolerante, com o apoio do positivismo autoritário, a sua concepção de governo se consubstanciava na ditadura e daí resvalava para o despotismo militar. Não se dirá que não fosse sincero; ele o era, embora houvesse nos seus intuitos, alguma mescla de interesse de melhoria na sua situação burocrática.

Julgava-se com a certeza; e, firmado na ciência, pois tirava toda a sua argumentação do positivismo, todo ele baseado na ciência e consequência dela, principalmente da matemática, condenava os adversários à fogueira.

Escusado é dizer que pouco sabia de matemática e falava por fé. Era um crente que tinha a revelação da certeza política.

Numa prezou muito a sua opinião por dois motivos: Costa escrevia nos jornais e era ouvido com atenção pelo poderoso chefe Bastos. Esta última razão era por demais ponderável, porque Bastos tinha o mesmo feitio mental de Costa; e julgava imprescindível a manutenção da República, necessária à integração do Brasil no regime político da América. Não se atina bem por que seja isso necessário, pois é perfeitamente sabido que, antes de nós, os argentinos, nos quais essa espécie de gente encontra modelo, quiseram lá implantar a forma monárquica.

Costa e Bastos eram crentes, fanáticos com a mania de catequese de qualquer jeito e não discutiam a sua fé.

Numa viu nas palavras de Costa a aprovação do grande chefe — o que consolidava o discreto elogio que este último lhe fizera:

— Sr. Numa, o senhor é um republicano!...

Numa Pompílio de Castro, a recente glória da tribuna política nacional, cuja biografia ocupou quatro páginas da *Os Sucessos*, não tinha história nem interessante nem longa. Filho de um pequeno empregado de um hospital do Norte, fizera-se bacharel em Direito à custa das maiores privações. Logo menino, não lhe solicitaram os lados extraordinários da vida. Embora humilde, não foram os cumes da vida que ele viu. Viu a formatura, o doutorado, isto é, ser um dos brâmanes privilegiados, dominando sem grande luta e provas de valor, pois, com ele afastava uma grande parte dos concorrentes.

O filho do escriturário, desprezado pelos doutores, percebeu logo que era preciso ser doutor fosse como fosse. Arranjou daqui e dali os preparatórios; e, durante o curso, levou a mais miserável vida que se pode imaginar. Alimentava-se dias inteiros de café e pão, dormia em cima de jornais, mas não deixava jamais de ir às aulas, de sentar-se ao banco da música, de fazer perguntas ao professor e prestar exames.

De quando em quando, arranjava um emprego efêmero, lições e munia-se de roupa. Formou-se aos vinte e quatro anos, tendo vivido desde os dezesseis por si só.

Parecia que uma energia dessas se devesse empregar em altos intuitos; há aí, porém, uma questão de ponto de vista. No seu entender, o máximo escopo da vida era formar-se, e formou-se com grande esforço e tenacidade.

Não que houvesse nele um alto amor ao saber, uma alta estima às matérias que estudava e das quais fazia exame. Odiava-as até. Todas aquelas complicações de direitos e outras disciplinas pareciam-lhe vazias de sentido, sem substância, puras aparências e mesmo sem grande utilidade e significação, a não ser a de constituírem barreiras e obstáculos, destinados à seleção dos homens.

O jovem Numa não separava o conceito das disciplinas dos da formatura; Economia Política, Direito Romano, Finanças e Medicina Legal não respondiam a certas necessidades da comunhão humana; e, se tais matérias foram criadas, descobertas ou inventadas, o foram tão somente para fabricar bacharéis em Direito. Com as outras carreiras, acontecia o mesmo.

Tal ideia pautava e regia o seu curso; instantes depois de acabado o exame Pompílio esquecia a disciplina.

Ademais, pode dizer-se que nunca vira um livro. Todo o seu curso fora feito estudando nas apostilas, cadernos e pontos — todos organizados por outrem. Decorava aqueles períodos mastigados, triturados e os repetia palavra por palavra ao professor. Prevenia-se para a prova, imaginando as perguntas do professor, e organizava as respostas, citando autoridades de vários países.

Foi sempre dos primeiros estudantes e, se não foi o primeiro ao fim do curso, deveu à nota baixa que tirou em Medicina Legal. Vale a pena contar o caso. O professor perguntou-lhe:

— Qual a quantidade de arsênico que pode ser encontrada nas glândulas tireóideas?

Respondeu logo:

— Dezessete gramas.

Houve um grande espanto por parte do examinador e o estudante surpreendeu-se com o espanto do professor.

Não fora a sua ignorância que o fizera dizer semelhante dislate; foram os cadernos. O primeiro estudante escrevera certo; o copista que se seguira, atrapalhara-se na vírgula dos décimos e, de copista em copista, de erro em erro a apostila levara Numa a repetir tão imensa tolice nas bochechas dos seus sábios professores.

O seu rival no curso aproveitou a descaída e tirou o prêmio. Foi a única amargura da sua vida. Nascido pobremente, tendo passado toda espécie de privações e necessidades, nada o fazia sofrer profundamente. Logo que se viu formado partiu para a sua terra natal e lá andou um ano inteiro a receber homenagens, sempre estranhando que alguns dos seus companheiros de colégio não o chamassem por doutor.

Vendo que nada obtinha, deixou os familiares e veio em busca da fortuna. Em breve tempo, graças à sua insistência junto a um dos potentados da República, Numa foi despachado promotor de uma comarca de Estado longínquo. Aos poucos, com aquele seu faro de adivinhar onde estava o vencedor — qualidade que lhe vinha não de uma sagacidade natural e própria, mas de uma ausência total de emoção, de imaginação e orgulho inteligente — foi subindo até se tornar juiz de Direito.

Durante toda a sua passagem pela magistratura, Numa adquirira fama de talento.

Fundava jornais onde escrevia panegíricos[6] aos chefes, organizava bandas de música e animava representações teatrais em pequenos teatros de fortuna.

Não representava, mas ensaiava esse pequeno repertório da roça, velhas comédias que têm o único propósito de fazer rir, e, aos poucos as grandes cidades as banem e vão refugiar-se no interior — *Os Trinta Botões, A Senhora Está Dormindo, O Bilontra.*

Aos atores improvisados ensinava a entonação, a gesticulação; marcava a peça melhor que o próprio autor.

Fazendo de sua vara de juiz um sabre à aristocracia, obediente aos desígnios de Neves Cogominho, não estranharam que, eleito este presidente do Estado, Numa fosse feito chefe de polícia.

O novo presidente vivera sempre afastado do Estado, desde a proclamação da República. Sucessivamente deputado e senador, deixava-se ficar nas margens da Guanabara dominando o feudo por intermédio de delegados e prepostos.

Não conhecia bem Numa, embora o tivesse recomendado para obter a primeira nomeação; e o aceitou como chefe de polícia para satisfazer os chefes locais.

Cogominho sabia que esse seu afastamento do Estado não era bem visto pelos semi-rebeldes do seu domínio. Uma vez ou outra, acusavam-no pelas rubras folhas oposicionistas de ter um imenso desprezo pelo torrão natal e só lembrar-se dele para obter vantagens políticas.

No intuito de calar esse murmúrio, Cogominho fez-se eleger governador, embora fosse grande a diferença de subsídio entre aquele cargo e o de senador; e foi para Itaoca, a capital.

Não foi só; e, para mais completamente demonstrar o seu amor à terra natal, levou para o Estado toda a família. Deixou o filho que andava pelos estudos no Rio de Janeiro; e instalou-se no palácio

---

6 Textos de exaltação a algo, ou no caso, alguém [N.E.]

com a filha, uma velha tia e os fâmulos de confiança que levava. Era viúvo desde muito e a chegada da família ducal muito alegrou os itaoquenses. As festas foram as mesmas com que se recebiam ali os governadores, a alegria foi a mesma, os discursos foram os mesmos, as boas-vindas as mesmas e a dúvida de sua estabilidade no domínio de Sepotuba foi a mesma no ânimo de Cogominho.

Numa esforçara-se muito para provar ao grande sepotubense o seu talento e a sua dedicação. Discursara ao desembarque, ao jantar, e notou com especial agrado que a filha de Cogominho não era de todo indiferente à sua oratória.

De indústria, o juiz se mantivera até então solteiro. Esperava, com rara segurança de coração, que o casamento lhe desse o definitivo empurrão na vida. Aproveitara sempre o seu estado civil para encarreirar-se. Ora ameaçava casar com a filha de Fulano e obtinha isto; ora deixava transparecer que gostava da filha de Beltrano, e conseguia aquilo; e se estava chefe de polícia, devia ao fato de ter julgado o Coronel Flores, poderosa influência do município de Catimbao, que Numa pretendia casar-se com a filha dele.

A presença da menina, Cogominho fê-lo pensar mais alto e relembrar as suas desmedidas ambições casamenteiras. Não que ele fosse belo e galanteador, mas, perfeitamente sabia que essas coisas não são indispensáveis para um bom casamento, desde que o noivo não viesse a fazer má figura no "Olimpo" dos diplomatas e outras pessoas exigentes da representação interna e externa do Brasil.

Com toda firmeza, com aquela firmeza que empregou para formar-se, Numa tratou de casar-se com a filha de Cogominho e não viu diante dele obstáculo algum, como aquele não vira quando tratou de casar-se com a filha do capitalista Gomes.

Edgarda era bem mais moça, mas já tinha passado dos vinte anos e viera para Itaoca cheia de uma curiosidade constrangida. Nascida e criada no Rio, tendo vivido sempre nas rodas senatoriais e burguesas, tinha ilusões de nobreza. Acompanhava o pai com certa repugnância; ao mesmo tempo, porém, era atraída pela existência "dessas cidades" que não são o Rio. Encontrava no bacharel quem lhe informasse sobre a vida do Estado, a sua história, a sua indústria, as suas cidades; e as pedia com o espírito de uma marquesa ao intendente dos seus domínios.

Esta concepção de nobreza viera da educação das irmãs de caridade e a defeituosa instrução que recebera e não pudera ajudar à sua real inteligência a corrigi-la.

Não metera em linha de conta que a nobreza supõe domínio efetivo e perpetuidade na família desse domínio, garantida por privilégios, soberania, tradições de raça e sangue; e a ilusão que as irmãs lhe inculcaram no espírito aos dezesseis anos, ficou-lhe sempre no subconsciente.

Como castelã, sonhara sempre em casamentos excepcionais; e, a todos que lhe insinuavam, uns rejeitava por prosaicos, outros, por serem desproporcionados. Talvez iludisse a si mesma; talvez, já tivesse achado um que era do seu amor, mas não era de sua prudência. A castelã mais uma vez se fizera burguesinha...

Nunca supôs que aquele bacharel esguio, amarelado, cabelos duros, com um grande queixo, vestido com um apuro exagerado de provinciano, premeditasse casar-se com ela; mas, o ócio provinciano, a falta de galanteadores passáveis, a vontade de matar o tédio, fizeram-na esquecer a artificial representação que tinha de si mesma e aceitou as homenagens do chefe de polícia de seu pai.

O governador via com bons olhos a aproximação dos dois e pareceu-lhe que o casamento de ambos seria útil à sua política.

Conhecendo a fama do rapaz no Estado, a sua influência, o seu atrevimento, o seu despudor em fazer do seu cargo judicial instrumento das ambições políticas do partido e de opressão para os adversários, Cogominho percebeu bem que era melhor tê-lo por aliado, antes que se unisse a Flores quase sempre disposto a não lhe obedecer totalmente.

Era bom separar um do outro, para que ambos mais tarde não lhe dessem o que fazer, ou mesmo lhe darem "uma volta". A desfaçatez judiciária de Numa dava medida do que ele seria capaz de fazer quando o solicitassem grandes ambições e tivesse o apoio familiar de Flores.

O processo da "Boa Vista" indicava bem a alma do seu chefe de polícia. Flores, o Coronel, por uma questão de gado, invadiu certa vez a estância do rival, matando-lhe filhas, filhos e criados e deixando que a horda que o acompanhava saqueasse casas, moinhos, currais e estrebaria. Até portas trouxeram.

Devido à celeuma que o caso levantou no Rio, houve processo e Numa, apesar das testemunhas, apesar de todas as provas, despronunciou Flores e seu bando.

Como esta, eram muitas as causas em que o juiz se fizera *criatura do caudilho*[7] e seu casamento com a filha deste lhe daria uma força extraordinária na política do Estado. O braço se juntaria à cabeça...

Pouco depois de eleito deputado estadual, Numa Pompílio de Castro casara-se com a filha de Neves Cogominho sem surpresa para ninguém, nem mesmo para Flores que apadrinhara o antigo chefe de polícia.

Quando se fizeram as eleições federais, o genro do presidente foi feito deputado federal e, como tal, partiu para o Rio, apressado em tomar assento na Câmara Federal.

Tinha poucas relações e o seu desembarque não foi concorrido como era o do seu sogro. Contudo, alguns conhecidos da mulher vieram, entre os quais um primo de que ele tinha notícia como extravagante de marca. Numa, então, conheceu-o; tratou-o com a polida severidade de suas virtudes judiciárias e admirou-se da satisfação com que sua mulher o acolheu e do olhar doce e curioso que o cobriu todo.

Neves Cogominho ficou em Itaoca acabando o mandato de presidente; e, durante o primeiro ano, o genro foi fazendo com cautela a sua iniciação de deputado e de bacharel bem casado. Não faltava às sessões, conversava pouco, não adiantava opiniões e guardava de cor as de Bastos, à cuja casa não deixava de ir em obediências às recomendações do sogro.

---

7 Mesmo que partidário, com atuação aliada a interesses políticos [N.E.]

Não se demorava na rua, mas pouco conversava com a mulher; dava os passeios e fazia as visitas de circunstâncias.

A vida de ambos era, entretanto, plácida. Como a de um velho casal.

A mulher lia — lia muito. E ele, a princípio, admirou-se muito com aquela leitura.

Para quê? Não sabia bem que prazer pudesse ela encontrar nos livros com os quais só lidou por obrigação… Nada disse, no entanto; ambos se entenderam e ele mesmo, as mais das vezes, se prontificou a trazer este ou aquele volume.

Os observadores que o viam entrar nas livrarias, adquirir livros e revistas, começaram a estimá-lo como estudioso e homem de bom gosto. No fim de poucos meses, era conhecido dos caixeiros, mas o deputado Numa Pompílio de Castro continuava a ser obscuro, os diários não falavam nele e, mesmo quando aparecia nas festas as seções mundanas dos jornais não lhe davam o nome.

A mulher em que o casamento já começava a pesar, aborrecia-se com essa obscuridade. Não o amara, não o supunha inteligente, mas havia não sei que de organizado nele, de médio, de segurança de processo, que esperou sempre que a política o fizesse pelo menos conhecido; mas, assim não o queria e o seu enlace era um desastre sem desculpa aos seus olhos.

Esperava-o na Câmara barulhento, discutindo e ele vivia calado; esperava-o atacado pelos jornais da oposição e eles não diziam nada; esperava-o conhecido de todos e ninguém o conhecia, até mesmo as suas amigas. Ainda há dias a Hortênsia não lhe tinha perguntado:

— Edgarda, teu marido é deputado?

Precisava animá-lo; fazia-se mister isso.

De volta do enterro de uma parenta, a mulher de Numa vinha satisfeita. Nem sempre isso acontece, mas muitas vezes se dá, apesar de nós. Não se colhem bem os motivos, as razões profundas de se ter passado de uma emoção à outra completamente oposta, o certo é que se tem como que um alívio n'alma, a impressão que se diminuíram os nossos pecados; ficamos melhor diante de nós mesmos, mais de acordo com Deus e com o Mistério.

Ficara Edgarda até o saimento, voltara e jantara muito contente com o marido e o primo Benevenuto, que raras vezes os visitava. A tarde passaram excepcionalmente comunicativos; e, muito ternos, marido e mulher, recolheram-se à hora do costume.

O dia amanheceu lindo, transparente, tranquilo; e os galos se esqueceram das horas e foram cantando pela manhã afora. As alturas destacavam-se na tela fina do azul infinito; o Corcovado curvava-se curioso sobre a casa em que habitavam e as janelas tiveram pressa em se abrir.

Numa conservava os seus hábitos de estudante. Erguia-se da cama cedo, tomava banho e cedo procurava o café e os jornais. A mulher, que se demorava mais no leito, naquele dia acompanhara o marido. Ela ainda tomava o café, quando já o esposo lia os jornais.

O deputado buscava imediatamente o que, nas folhas, se dizia dos debates, os comentários, os artigos de fundo; e, ao ler um dos jornais, não pode deixar de dizer à mulher:

— Que elogio ao Caldas!

— Que Caldas? O Eduardo?

—Sim.

— E o que fez ele?

— Um discurso ontem.

A mulher serviu-se novamente de café, açucarou-o bem, ajustou o roupão que lhe ia deixando muito à mostra o peito rosado, e disse:

— Você por que não faz um, também?

Sem deixar o jornal, Numa atendeu, sacudindo os ombros:

— Ora!

Edgarda, depois de levar a xícara aos lábios, sorver um gole e descansá-la, observou:

— É preciso aparecer, Numa!

Com preguiça e mansidão, o marido objetou:

— Para que, Edgarda? Para quê? Há lá tanta gente inteligente que não preciso incomodar-me.

— Eu — fez ela —, se estivesse no seu lugar, por isso mesmo me incomodaria Você tem vergonha?

— Não, ao contrário; sou até desembaraçado, mas... mas... preciso estudar.

— Pois então estude! Que dificuldade há? Você por que não experimenta? Não se discute a tal questão do novo Estado?

— Discute-se.

— Por que você não fala?

— É... É... Mas...

— Precisa estudar, não é?

— É.

— Eu ajudo.

— Como? Você sabe?

— Não. Vejo os livros, pergunto a papai; você indica outros, tomo notas e depois você as redige. Lê alguns discursos e o resto se arranja.

— Não vai sair a coisa com algumas inconveniências!

— Qual! Passo a limpo e você leva a papai, para ver o que há.

A peça oratória foi assim composta; e, na redação final, Numa ficou muito contente com a habilidade da mulher. Encontrou muitas modificações felizes, muita frase bonita e cheio de uma intensa alegria, perguntou:

— Você já escreve há muito tempo, Edgarda?

— Não, nunca escrevi. Por quê? — respondeu a mulher com algum estremecimento na voz.

— Por quê?... Porque tem muita coisa que você escreveu melhor do que eu.

— Pois você pode ficar certo de uma coisa: escrevi o que está no teu rascunho, modificando uma ou outra coisa, naturalmente.

Obtida a aprovação do sogro, Numa estudou o discurso como se fosse um papel de teatro. Não era sem antecedentes o processo; e ele o soube empregar magnificamente, pois a Câmara admirou-o e o seu sucesso foi grande e notado em toda a cidade.

Quando terminou, recebendo abraços, ouvindo aqui e acolá comentários, a sua lembrança ia para a casa paterna, lá no seu Estado longínquo; e agora, passada a emoção da estreia, colecionando parabéns e olhares admirativos, naquela rua que sagra as celebridades nacionais, as recordações lhe voltavam mais vivas e mais cheias de ternura.

Recordou-se bem da casa de seu pai, das suas dificuldades, das suas ânsias e sobressaltos para se prevenir contra os chefes políticos que lhe queriam sempre arrebatar o emprego. Subia um partido, descia outro; os Castriotos reconciliavam-se com os Cíceros; os Cíceros deixavam os Castriotos e iam para os Coimbras; e sempre seu pai tinha que adivinhar essas marchas, essas reconciliações e separações, para manter o seu emprego, sem poder abster-se, obrigado a tomar partido para a sua própria segurança.

Lembrava-se bem da casa, caiada[8], meio de telha vã, meio forrada, com um largo quintal, tendo, aqui e ali, uma árvore, um cajueiro e os urubus teimosos misturados com as aves domésticas. E agora? Habitava um palácio, no meio da abundância, ao lado de uma linda mulher bem educada, onde iria... Muito pode a formatura! Se ele não se fizesse doutor, que seria?... Bem lhe pareceu desde menino que a carta era a chave da riqueza, uma chave mágica a abrir todas as fechaduras da vida, suavemente, docemente, rapidamente, sem o mais tênue ruído. Uma gazua[9]...

Tinha saber? Não sabia. Tinha talento? Não sabia. Que é que sabia ao certo? É que era formado. Examinou toda a sua vida de juiz e as falhas lhe vieram com afiada nitidez.

Devia ter procedido de outra forma? Devia, mas que lhe adiantava? Ficar lá pelo interior a vegetar em lugarejos. O que ele sentia bem, o que lhe tocavam, o que penetrava nele, não eram as faltas no cumprimento dos seus deveres; era a sensação de que estava em uma grande cidade, que tinha uma casa, que o dia de amanhã estava garantido e para viver não precisava esforçar-se. De resto, discursando hoje, falando amanhã, a ascensão era certa; e ele que quisera algum,

8 Pintada de cal [N.E.]

9 Mesmo que chave-mestra [N.E.]

tinha muito; e ele que não ambicionara a celebridade, era célebre; e ele que não procurara os livros, os livros o elevavam.

Olhou um pouco a mulher, e alguém, quando passavam, disse perceptivelmente:

— O triunfo é dele, mas a glória é dela!

Edgarda, distraída da multidão, olhando aqui e ali sem ver, continuava a caminhar com segurança e com uma grande alegria em todo o rosto. Em breve estavam em uma saleta pretensiosa, onde é de bom gosto tomar chá. Era um luxo novo da cidade, um luxo bem nosso, barato e cauteloso.

Lá, após o passeio, encontravam conhecidos, e, como sempre, achavam-se já sentados a uma das mesas catitas[10], Mme. Forfaible, esposa do general do mesmo nome, acompanhada de uma amiga, e o primo Benevenuto.

— Não sabe — foi logo dizendo este último —, como me agradou o seu discurso. Há muito pensamento nele, muito estudo...

O deputado sorriu convencido e respondeu:

— Muito obrigado! Muito obrigado!

Forfaible concluiu:

— O doutor deve levar em conta a opinião do dr. Benevenuto. Ela é desinteressada, perfeitamente desinteressada... Não é de oficial do mesmo ofício.

— Sei bem, minha senhora. Sei bem.

A Numa, seguiu-se Edgarda:

— Como vai o General, Anita?

— O General! Vai bem, vai bem.

Benevenuto indagou, então:

— Não foi para o Supremo?

— Qual! — acudiu a mulher. — Qual! Eu não dizia até agora que a coisa pior deste mundo é oficial do mesmo ofício? Pois bem: meu marido é um dos generais mais ilustrados e de mais serviços no Exército. Até hoje (até hoje!), ainda não o fizeram marechal nem

---

10 Mesmo que elegantes [N.E.]

ministro do Supremo Tribunal. É isto! Entretanto nomearam o Castelo que escreve corneta com "qu".

— Minha senhora, posso garantir-lhe que me interessei muito...

— Olhe Anita — disse Edgarda — não havia dia em que não lembrasse a Numa, que não deixasse de recomendar teu marido a papai.

— Sei bem — disse Mme. Forfaible — que a culpa não é dos civis. É dos colegas, doutor; é dos colegas... Bem fez o dr. Benevenuto que não quis ser nada.

— Não sou eu quem não quer, minha senhora; são os obstáculos. A minha vocação não é para esse "*steeplechase*[11]" de pistolões, choradeiras, casamentos, intrigas, abdicações, pedidos, infortúnios... Para isso, há uma raça especial... Eu...

Numa interveio:

— É mesmo um tormento! E as injustiças? Já no meu curso, não me deram a medalha. Mas tenho trabalhado para subir. Esta sabe bem.

A mulher foi ao encontro do marido, dizendo angelicamente:

— A questão é esperar. Paciência... Não é só um caminho que leva a Roma.

— O doutor — disse então Benevenuto —, pode gabar-se de ter muita paciência. As injustiças não lhe fazem mossa.[12]

— Já estou habituado com elas.

— É uma grande vantagem na nossa vida — continuou o primo. — Sem esse hábito, não se ia para diante... Eu sei que, às vezes, a gente se revolta....

— Eu! — exclamou Numa. — Eu! Não me revolto nunca! Trabalho, trabalho e consigo.

A amiguinha de Mme. Forfaible falou por aí, timidamente:

— Quem tem talento, como o doutor, consegue tudo.

---

11 Corrida de cavalos com obstáculos muito comum no Reino Unido, Austrália e Estados Unidos [N.E.]

12 Mesmo que "não lhe abalam" [N.E.]

— Não é tanto assim, menina! — fez Mme. Forfaible, com alguma irritação. — O talento serve muito, não há dúvida; mas é para ajudar os outros.

Calaram-se e puseram-se a tomar o chá que esfriava nas xícaras.

2

O ar estava translúcido e fino. A manhã ia adiantada, mas tinha ainda um pouco do encanto das primeiras horas. Botafogo é dos lugares do Rio de Janeiro daqueles em que o mais agradável é o amanhecer. A proximidade do mar e a vizinhança das altas montanhas, cobertas de vegetação, quando o sol é meigo, aí pelas primeiras horas do dia, casam-se, unem-se, fundem-se sob a luz macia e o céu azul, de tal forma que o encanto da manhã é inesquecível. Esquecemo-nos da áspera e violenta atmosfera das outras horas e mesmo de certas manhãs; deixamo-nos envolver na tênue e carinhosa gaze azulada do momento, totalmente, inteiramente, corpo e alma, ideias e sonhos, como se nos preparássemos para suportar os outros bravios instantes do dia.

Aquele dia amanhecera soberbo e quem andasse pelo arrabalde, pouco notaria as pretensiosas fachadas das casas, os gradis pelintras dos jardins, o movimento da criadagem, dos banhistas, para só aspirar o ar, aspirar e vê-lo, e também as flores daqueles prudentes jardins minúsculos que bem medem a nossa riqueza, a nossa magnificência e o nosso luxo.

As palmeiras farfalhavam suavemente na rua Paissandu, levando o mar para as montanhas e trazendo a montanha para o mar; as árvores estremeciam na atmosfera e todos pareciam contentes. Os criados tagarelavam em grupos, cestos ao braço, mais animados para o árduo serviço; os caixeiros olhavam as cozinheiras com a ternura da manhã; os colegiais caminhavam brincando para as escolas; as patroas não tinham no rosto o enfado necessário do matrimônio, e os maridos, de volta do banho de mar, tiritavam alegres, sorridentes, esperançados nos seus negócios. A jocundidade[13] da manhã porejava nas pessoas e nas coisas.

O diretor do *Diário Mercantil*, muito interessado no negócio da venda da Estrada de Ferro de Mato Grosso, tinha resolvido procurar Numa Pompílio naquela manhã. Demandava a casa do deputado, sem notar a inocência e a bondade do momento e da paisagem, preocupado com a transação, desprezando as árvores, o ar, as montanhas, as flores e a gente.

Fuas Bandeira era português de nascimento e desde muito se achava no Brasil, metido em coisas de jornal. Homem inteligente, não era nem ignorante, nem instruído. Tinha a instrução e a inteligência de homem de comércio e pusera na sua atividade jornalística o seu espírito e educação comerciais. Escrevia, mas escrevia como um guarda-livros hábil. A influência da "correspondência" sentia-se bem na sua redação econômica de pontos, períodos longos, procurando dizer tudo sem suspender a pena.

Emigrado de Portugal por motivos suspeitos, tendo recebido unicamente os princípios da educação secundária, Fuas foi durante muito tempo um fura-vidas sem felicidade.

Sucessivamente guarda-livros, gerente de frontões, professor de montar em velocípedes de que era alugador, editor de pequenas revistas, concessionário de patentes que escondiam jogos de azar, um belo dia a magnanimidade de um patrício fê-lo empregado da gerência do *Diário*, mais tarde gerente e, quando o proprietário

13 Mesmo que alegria [N.E.]

foi à Europa, deu-lhe procuração em causa própria para tratar dos negócios da empresa; e Fuas se serviu do instrumento para se apossar dos cabedais do protetor, não só dos que giravam na empresa, como dos particulares que ele soube, com a mais requintada má-fé e com a ousadia de ladrão profissional, arrancar à inexperiência de uma velha parenta do seu benfeitor e amigo, sob cuja guarda estavam.

Voltando precipitadamente o proprietário que fora prevenido dos desvios dos seus bens, levado a efeito pelo procurador infiel, reclamou imediatamente a restituição dos haveres, sob pena de queixar-se à polícia. Fuas foi ter com o chefe de Estado que ordenou ao Tesouro fornecer-lhe os fundos necessários. Daí em diante sua fortuna estava feita e os seus processos de foliculário[14] firmemente estabelecidos. Nunca mais lhe faltou dinheiro, e muito sempre obteve, por este ou aquele meio escuso e cínico. Apesar disto, a sua folha sempre andava em concordatas, devendo ao pessoal; o que, a todos, causava admiração, pois Fuas, ao que diziam, tinha até aí, recebido de vários governos do Brasil cerca de três mil contos. Não é de espantar, quando se considera que só da vez em que seu viu atrapalhado com o antigo proprietário do *Diário*, ele conseguiu em dias, graças às ordens do Presidente da República, obter quase mil e quinhentos contos. Todo esse dinheiro que ele *cavava*, empregava em aparentar largueza, peitar disfarçadamente os influentes e mais depressa perdia cinquenta contos no jogo do que pagava, dos três em atraso, um mês à reportagem. Era preciso não perder a linha…

Encarava todo o debate jornalístico como objeto de comércio ou indústria e estendera esse critério aos casos políticos, às pretensões de qualquer natureza. Dizia o mesmo francamente, e francamente agia, embora, quando acusado publicamente, se defendesse indignado.

Fazia uma vida brilhante: gastava, jogava, presenteava, mas a sua generosidade era sempre interesseira. Ele a tinha com os poderosos da indústria, do comércio, da política e dos negócios; e, nos apertos,

14 Mesmo que jornalista sem escrúpulos [N.E.]

não sacrificava um cêntimo de suas despesas para atender o pagamento dos salários dos seus próprios criados.

A sua venalidade provinha de um ceticismo inconsciente quanto ao valor da política, da ação do governo, mas o curioso é que ceticismo ele só o tinha quanto ao Brasil. No que toca à sua pátria de origem, era crente e desinteressado, esperando resultados fecundos dos atos acertados do governo.

Seguia-lhe a política, advogava este ou aquele partido, gabava tal ou qual personagem sem remuneração alguma, até com prejuízo. Fazia sistematicamente, porém, entre nós, para além da indústria do jornal, não havia empreendimento ou obra por mais útil que fosse, representando emprego de capitais avultados e lucro para os empreiteiros de que não se procurasse tirar o seu quinhão.

Não acumulava dinheiro, talvez não sentisse vontade de voltar à terra de origem e tinha o Brasil na conta de mina inesgotável que, para dar-lhe lucro, precisava estar-lhe à testa.

Conhecia todos os poderosos, os que se faziam de poderosos, os que se iam fazendo e prometiam sê-lo, e a nenhum se acanhava de pedir isto ou aquilo. À proporção que subiam, subiam os seus pedidos; e, dessa forma, quando no cume podia pedir-lhe o que quisesse.

Lendo os jornais, fumando teimosamente, sem sentir a olente fragrância dos jasmins e a rua pitoresca, Fuas chegou à residência do parlamentar.

A casa do deputado Numa Pompílio ficava pelas bandas de Humaitá — por aqueles lados de Botafogo onde Darwin morou e ao anoitecer, punha-se a ouvir embevecido o hino que a natureza, por intermédio das rãs humildes, entoa às estrelas distantes. Era um casarão comum, sem movimento, quer na fachada, quer na massa toda do edifício. Muito simplesmente um paralelepípedo, com largas aberturas de portas e janelas, tinha um só pavimento, mas o porão era tão alto que bem se podia contar como outro.

Vasto de fato era, e as seis janelas da frente e a situação ao centro do jardim, mais amplo que os comuns, com velhas fruteiras nodosas, corrigiam de algum modo a indigência de sua arquitetura. Tinha uma certa imponência e, ademais, com o fundo para a escarpa verde-negra dos contrafortes do Corcovado, o casarão ressaltava, saía, adquiria certa distinção solarenga entre as jovens e acanhadas edificações dos arredores. Não era novo; pertencera aos avós da mulher de Numa e fora edificado aí pelos meados do século passado.

O velho Gomes (assim fora conhecido o avô de Edgarda) era português de origem humilde, traficara, enriquecera e se fizera, com os anos, uma potência comercial na cidade. Quando edificou aquele casarão, Botafogo ainda era roça, e o fizera amplo e franco como uma casa de campo. Viveu muito e enterrou quase todos os descendentes, exceto a filha, que se casou com o dr. Neves Cogominho.

O genro, graças à previdência do velho negociante, não pudera desbaratar os haveres da mulher; ele mesmo não precisava disto. Médico, novamente formado, só necessitava de representação para ganhar fortuna na clínica; não teve tempo porém de o fazer, porque, antes de cinco anos de casado, proclamara-se a República e a política ofereceu-lhe campo mais vasto e menos trabalhoso para a vida abundante.

Lembrou-se de que era republicano, e seu tio, o Coronel Fortuna, amigo íntimo de Deodoro, tomou conta do seu Estado natal e ele foi feito deputado, enquanto os seus primos, concunhados, sobrinhos, aderentes e afins ocuparam outros cargos no Estado, implantaram nele o domínio dos Cogominhos de que ele se fez chefe por morte do venerando Fortuna.

A mulher não lhe viu a ascensão na política; morrera pouco depois de proclamada a República, deixando-lhe uma filha de dois ou três anos que foi criada por uma velha tia do pai.

Cogominho não abandonou o casarão de Botafogo e só o deixou de habitar continuamente quando casou a filha. Assim mesmo tinha nela aposentos, mas dera para ficar em Petrópolis, onde antigamente costumava passar só três ou quatro meses.

Seu genro, em começo, custou muito a habituar-se à velha casa. Achava-se deslocado, julgava-a grande em demasia; era como se tivesse vestido a roupa de um gigante. Aquelas amplas salas, grandes quartos e longos corredores, quase sem habitantes, só com móveis, as mais das vezes fechados, pareciam-lhe povoados de duendes. Habituado às pequenas casas, órfãs de trastes e outros adereços, Numa esforçava-se por entrar na significação e necessidades daqueles consolos, reposteiros e divãs. Achava os sofás estufados baixos demais e as cadeiras frágeis; o que o aborrecia muito era a falta de escarradeiras[15].

O cunhado estava na Europa e grande parte da casa vivia fechada, só vindo a conhecer algumas dependências quando a velha tia de Cogominho, D. Romana, voltou de Sepotuba. A velha fazia abrir, varrer e espanar tudo aquilo diariamente e movia-se dentro do casarão com a liberdade de quem crescera ali, como centro de léguas quadradas de uma fazenda.

Era de supor que Numa esperasse por tudo isso, mas não pedia tanto a sua ambição de posição e dinheiro. Nela, não havia necessidade interna de grandeza, de luxo, de comodidade, de magnificência; havia tão somente preguiça, preguiça física preguiça mental, vontade de ficar a coberto dos vaivéns da sorte, do alvoroço, o pavor nacional do dia de amanhã.

Ficou estranho à casa, às alfaias e continuou com os seus hábitos medíocres.

Após o café e a leitura dos jornais, viera o deputado até a sala de visitas espairecer um pouco. Vinha ver pelas janelas a rua que lhe ficava em frente da casa. Antes de espiar o movimento matinal do bairro, quis o acaso que examinasse um pouco os adornos da sala. Aí, parou um pouco, convidado por esse ou aquele móvel. Julgou uns antipáticos, gostou dos antigos, pesados e amplos; examinou os bibelôs e demorou-se a considerar uma estatueta de bronze. Sentada

15 Também conhecidos como cuspideiras, eram objetos geralmente usados por usuários de tabaco, ou simplesmente para cuspir [N.E.]

em êxedra[16] de marfim, uma mulher tinha os braços abertos sobre os ramos da cadeira. O busto estava nu, a parte inferior coberta, e, aos pés, uma coroa de louros. Viu-lhe o olhar perscrutador, a expressão do rosto de serena imaterialidade, a atitude geral de suspensão. Olhou-a ainda demoradamente e descobriu qualquer coisa naquele pedaço de bronze que até ali não tinha sentido nunca. Afastou-se um pouco, examinou um *biscuit*, um outro bronze; mas, sempre aquela mulher em expectativa, à espera não sei de que atraía o seu exame.

Teve medo de apanhá-la; afinal, o fez. Leu alguma coisa na base; não decifrou bem ou não teve confiança na leitura. Apesar da manhã muito clara, devido às cortinas, a luz entrava escassamente e a sala estava em uma meia penumbra. Trouxe-a bem junto à janela e leu claramente: *Histoire* — História!

Numa não precisou bem a relação entre a estatueta e a legenda, mas ainda assim olhou o bronze, o modo natural de seus braços abertos, a sua serenidade total, quando lhe avisaram que havia uma pessoa que queria falar-lhe. Leu o cartão e mandou que fizessem entrar para a saleta o sr. Fuas Bandeira, diretor do *Diário Mercantil*.

Apurou melhor a "*toilette*" matinal e foi ao encontro do jornalista, depois de ter ao acaso lançado o olhar sobre o retrato do avô de sua mulher, enquadrado em uma grande moldura dourada.

Fuas Bandeira desculpou-se preliminarmente por ter vindo incomodá-lo tão cedo e expôs com franqueza o objeto da sua visita. A rejeição do "veto" oposto ao projeto de venda da Estrada de Mato Grosso devia ser posta em ordem do dia e Fuas esperava que Numa votasse pela rejeição.

O legislador afastou da lembrança a figura da estatueta e respondeu:

— Qual é a opinião de Bastos?

— A mim, meu caro doutor, ele já me disse que não tinha opinião firmada. Dá mesmo a entender que é questão aberta...

— Mas não disse claramente?

---

16 Átrio ou recinto semicircular com assentos, usados para discussões [N.E.]

— Não, não disse. O doutor sabe como é o doutor Bastos. Ele não costuma dizer, quando se trata de insignificâncias 'penso assim ou não'. Parece-lhe que dizer a tal respeito a sua opinião é insinuar que os seus amigos votem com ele. O doutor Bastos já está tão farto de ouvir dizer que ele molesta a consciência dos seus amigos, que é um ditador, que é a sua vontade que domina a dos outros, que ele é o partido. Ora, doutor, quando se trata dessas coisas insignificantes ele abstém-se de falar para que os republicanos votem como entendam.

— Mas no caso do Peixoto...

— Ah! doutor! O caso aí outro. Tratava-se, é verdade, de uma licença, mas Peixoto é inimigo do partido, inimigo implacável. Com o caso da Estrada, não há nada disso, posso garantir-lhe!

— E o povo?

— O povo! O povo! Que tem o povo com estas questões? Por acaso ele pode raciocinar sobre finanças? Creio que não, meu caro doutor. Não é a sua opinião?

— Dizem que o governo gastou cem mil contos e vai vender pela metade.

— Não é certo; mas, se o fosse, valia a pena contar também com o "deficit" que ela dá. A operação, meu caro doutor, traz desafogo para o governo, não só para já, como para o futuro. O meu interesse como republicano é facilitar meios de vida à república e também educar o Brasil no caminho da iniciativa particular. Se até agora ela não se tem feito sentir na economia do país, é devido à timidez dos senhores diante da algazarra dos caluniadores.

A teimosa fragilidade da estatueta passou de novo pelos olhos do antigo juiz de Catimbao.

Fuas Bandeira acendeu o charuto e continuou de pé:

— O doutor, certamente, conhece bem a questão?

— Pouco.

— Pois se quer... Ah!

— Que procuras, sr. Fuas?

— A minha pasta... Está no automóvel.

Numa fez vir o criado para buscá-la e dela tirou o jornalista um folheto explicativo sobre a vantagem da operação. Ainda falaram sobre outras questões; Fuas não aceitou o almoço e despediu-se recomendando:

— Leia, doutor! Leia! Quanto à opinião do doutor Bastos, não se incomode, pois ele dá toda a liberdade a seus amigos.

Quando Numa voltou em demanda ao interior da casa, ainda olhou distraído a estatueta que continuava repousada, serena, na meia penumbra do salão.

A vida do casal continuava a ser a mesma. Viviam um ao lado do outro, sem grandes ternuras, sem ódio, sem também a perfeita e mútua penetração que o casamento supõe.

Pareciam habituados àquele viver desde muito tempo; e D. Edgarda costumava a velar, a animar a carreira política do marido, maternalmente.

Era a sua ambição que se realizava na celebridade do marido. Educanda das irmãs, de Botafogo, ela não queria ficar atrás das outras e lembrava-se do que lhe dissera certo dia a irmã Teresa, com sua voz macia e aquele olhar inteligente que dava tanta vida à sua cútis de pergaminho.

— Veja só, Edgarda, quase todos os homens importantes do Brasil têm casado com moças educadas aqui. A mulher do Indalécio, o Ministro da Justiça, foi nossa discípula; a Rosinha, que se casou com o Castrioto, do Supremo Tribunal, também; e a mulher do almirante Chavantes? e a Laurentina? (como era bonita, meu Deus!) Coitada! essa morreu cedo, mas o marido foi longe. É rara, minha filha, a educanda nossa que não leva o marido longe.

Nunca havia se esquecido do que lera naquele palimpsesto[17] debaixo de tais palavras; e casara, certa de que Numa ia fazer o seu nome ecoar por todo o país. Era preguiçoso, descansado, mas já dera o primeiro passo e a questão estava em continuar. A sua satisfação

17 Papiro ou pergaminho cujo texto inicial foi raspado, para dar lugar a outro [N.E.]

foi grande quando o viu elogiado, apontado, em caminho da notoriedade; mas, era necessário que não ficasse ali. Precisava insistir, ter o seu nome em todas as bocas, ser falado diariamente pelos jornais, como era o marido da Ilka, sua antiga colega.

Notava ela que a celebridade do marido começava a esfriar, a ser esquecida; e ficava contrariada quando lhe diziam nas lojas, aqui ou ali que não o conheciam. Fizera o marido comprar muitos números da *Os Sucessos* e mandar para o Estado; insistira com o pai para que a biografia fosse transcrita no órgão oficial do partido em Itaoca. Esforçava-se por adivinhar os golpes que ele pudesse levar e só os via por parte de Salustiano, um contraparente do pai, que parecia não ver com bons olhos o domínio de Cogominho.

Tinha nascido no Estado, ocupava um bom emprego e todo o desejo dela era tê-lo sempre afastado de Sepotuba, para não obter influência direta, ficar sempre na dependência de Cogominho e não fazer valer em proveito próprio a tradição do pai dele, Salustiano.

Recomendava muito ao marido que fosse gentil com ele, que o convidasse a jantar, que perguntasse pela família; mas Numa tinha uma pequena implicância com o parente, por saber que sempre o tratava como "o genro do Cogominho".

Dissera mesmo isso à mulher; ela, porém, lhe recomendara que não desse atenção e lhe captasse a boa vontade.

Edgarda lembrou-se naquela manhã de insistir com Numa para que ele aparecesse na tribuna. A visita de Fuas fê-la adiar de propósito e ocupou toda a manhã em coisas caseiras. Foi ao jardim, correu à chácara, viu bem a horta, porque era ela unicamente quem se interessava por aquelas dependências da casa.

O marido, apesar de ter nascido em cidade pequena do interior, não as apreciava; e se ia por ali, passava por sobre os canteiros um olhar distraído e indiferente. Só uma mangueira despertava-lhe interesse e era de antipatia. Ele não notava a beleza da fruteira, os seus grandes ramos alongados como braços, a sua sombra maternal e piedosa; Numa antipatizava com a árvore porque não dava frutos.

A mulher era quem se interessava por aquelas silenciosas e consoladoras vidas, que lhe sugeriam recordações de menina, de moça, da mãe, do avô.

D. Romana, a tia-avó, ficava no interior e tinha pelos velhos trastes, pelas velhas terrinas rachadas, por tudo quanto era alfaia velha ou utensílio antigo, um interesse de depositária do passado. Não deixava pôr fora um móvel bichado, um bule sem tampa, só se de todo não lhe fosse possível esconder em qualquer socavão da casa.

Entre as duas, a velha tia e a sobrinha moça, havia esse acordo tácito de tratar uma do exterior e a outra do interior do velho casarão do falecido Gomes.

D. Edgarda viu com prazer a visita de Fuas. Estava no fundo do quintal, mas de lá mesmo pode reconhecê-lo pelo automóvel. Continuou, porém, na chácara e não notou a saída do jornalista.

Até quase à hora do almoço ficou vendo as hortaliças, os preparativos do chacareiro para protegê-las do verão; e, quando deixou a horta, já a mesa estava posta.

Numa empregava o tempo fazendo lentamente a sua "*toilette*" de sair. Sempre a fizera com lentidão e vagar; desde os tempos de pobreza, que ele oficiava no vestir a calça, no abotoar os punhos e estudava bem ao espelho o atar da gravata.

À mesa, sentaram-se, como de costume, ele, a mulher e a velha D. Romana. Em começo, antes de desdobrarem o guardanapo, Edgarda perguntou:

— Numa, não foi o Fuas quem esteve aqui?

— Foi.

Numa respondeu e, sem alongar a resposta, começou a servir-se. A mulher insistiu:

— Que queria ele?

O parlamentar reprimiu um pouco o aborrecimento que a insistência da mulher lhe causava e respondeu:

— Nada! Um negócio de venda de uma estrada de ferro.

— Que estrada? A de Mato grosso?

— É, Edgarda.

— Você prometeu o voto?

— Disse que ia pensar.

— Pensar? Você já sabe a opinião de Bastos?

— Não, mas dizem que ele não faz questão.

— É preciso cuidado.

Arrependeu-se o marido do mau humor com que recebera as perguntas da mulher e indagou com afeto, olhando-a demoradamente:

— Se ele não faz questão e é coisa de dinheiro, quer dizer...

— Quer dizer...

— Quer dizer; quer dizer o quê?

— Quer dizer que você deve aproveitar, seu tolo!

— Como?

A mulher riu gostosamente e a velha ficou espantada com atitude da neta e o espanto de Numa.

— Como?! — fez Edgarda. — Eu sou deputado, por acaso? Por que não pergunta aos seus colegas... Veja como o Cristiano está rico! Quando foi eleito, tinha alguma coisa? Tinha nada, seu tolo! Tinha nada!

Houve entre os dois um silêncio de inteligência; e, aproveitando uma ausência do copeiro, Numa refletiu:

— Esse Fuas não é coisa muito boa.

A mulher descansou o garfo, serviu-se de vinho e disse com vagar:

— Em política, nessas coisas, a gente não tem muito o que escolher. Se uns não são amigos dos outros, uns têm necessidade dos outros e as coisas vão passando. Você deve saber disso.

— É, mas esses homens de jornal... estrangeiro...

— Olhe, papai diz sempre: ninguém cospe no prato em que comeu; e papai já é antigo na política, é muito considerado... O que você deve fazer é aparecer, é falar, dar pareceres...

— Não tenho tido ocasião...

— Há sempre ocasião, desde que...

O copeiro interrompeu-os e avisou o patrão de que estava ali o Lucrécio que lhe queria falar.

Lucrécio, ou melhor: Lucrécio Barba-de-Bode, por sua alcunha, que tão intempestivamente interrompia o almoço do deputado Numa Pompílio, não era propriamente um político, mas fazia parte da política e tinha o papel de ligá-la às classes populares. Era um mulato moço, nascido por aí, carpinteiro de profissão, mas há muito não exercia o ofício. Um conhecido, certo dia, disse-lhe que ele era bem tolo em estar trabalhando que nem um mouro; que isso de ofício não dava nada; que se metesse em política. Lucrécio julgava que esse negócio de política era para os graúdos, mas o amigo lhe afirmou que todos tinham direito a ela, estava na Constituição.

Já o seu amigo fora manobreiro da Central, mas não quis ficar naquela "joça" e estava arranjando coisa melhor. Dinheiro não lhe faltava e mostrou-lhe vinte mil réis:

— Sabes como arranjei? — fez o outro. — Arranjei com o Totonho do Catete, que trabalha para o Campelo.

Lucrécio tomou nota da coisa e continuou a aplainar as tábuas, de mau humor. Que diabo? Para que esse esforço, para que tanto trabalho?

Fez-se eleitor e alistou-se no bando do Totonho, que trabalhava para o Campelo. Deu em faltar à oficina, começou a usar armas, a habituar-se a rolos eleitorais, a auxiliar a soltura dos conhecidos, pedindo e levando cartas deste ou daquele político para as autoridades.

Perdeu o medo das leis, sentiu a injustiça do trabalho, a niilidade[18] do bom comportamento. Todo o seu sistema de ideias e noções sobre a vida e a sociedade modificou-se, se não se inverteu. Começou a desprezar a vida dos outros e a sua também. Vida não se fez para negócio... Meteu-se numa questão de jogo com um rival temido, matou-o e foi sagrado valente. Foi a júri, e, absolvido, por isto ou por aquilo; o Totonho fez constar que o fora por empenho do dr. Campelo. Daí em diante se julgou cercado de uma auréola de impunidade e encheu-se de processos. Quando voltou a noções mais

18 Mesmo que falta de esperança [N.E.]

justas e ponderou o exato poder de seus mandantes estava inutilizado, desacreditado, e tinha que continuar no papel...

Vivia de expedientes, de pedir a este ou aquele, de arranjar proteção para tavolagens[19] em troco de subvenções disfarçadas. Sentia necessidade de voltar ao ofício, mas estava desabituado e sempre tinha a esperança de um emprego aqui ou ali, que lhe haviam vagamente prometido. Não sendo nada, não se julgava mais operário; mesmo os de seu ofício não o procuravam, e se sentia mal no meio deles. Passava os dias nas casas do congresso; conhecia-lhe os regimentos e os empregados; sabia dos boatos políticos e das chicanas eleitorais. Entusiasmava-se nas cisões por ofício e necessidade. Era este o Lucrécio que, ao entrar, fez com tons de jovialidade:

— Bons dias.

Todos responderam e ele esperou que lhe perguntassem a que vinha. Esperou com muito acanhamento e respeito. Respondeu:

— O doutor Neves manda dizer a V. Exa. que não deixe de ir logo à tarde ao Senado.

— A que horas?

— Aí pelas três horas.

Edgarda voltou-se para Lucrécio e indagou naturalmente:

— Você sabe de alguma coisa?

— Eu, minha senhora, não sei bem, mas ouvi rosnar.

— O quê?

— Não sei... mas parece... eu não sei... A questão é do novo presidente. O dr. Bastos...

— Ele sabe?

— Homem, minha senhora, ele é o macaco fino...

— Quem é o novo? Não é o Xisto?

— Não sei, mas se há 'encrenca' é porque não é do gosto do "velho"!

Numa pôs fim à conversa mandando que ele fosse almoçar. Lucrécio conhecia a casa e os criados, com os quais era familiar.

19 Casa de jogos. Diz-se também do vício em jogos [N.E.]

Almoçou na copa com todo o desembaraço, como fazia na casa deste ou daquele parlamentar. O copeiro perguntou-lhe:

— Que há, Lucrécio?

— Olha: não digas nada. A força não quer o Xisto. Não digas nada. Querem pôr lá o ministro deles, o general Bentes... Não digas nada!

A saída do Barba-de-Bode não produziu o reatamento da conversa. Marido e mulher calaram-se. Pairou sobre eles uma atmosfera de apreensões e pressentimentos. As novidades do emissário, as suas meia palavras, o vago de suas informações, a imprecisão delas escondia algo tenebroso para as suas ambições. Viam na estrada obstáculos, viam-na interrompida bruscamente, violentamente. Sentiam a proximidade do imprevisto e esse sentimento se engolfava, avolumava-se, crescia neles, perturbava-lhes as sensações, as ideias misturavam-se umas com as outras, baralhava as lembranças; a consciência fugia de regulá-las, de encadeá- las; a personalidade perdia os pontos de referência. Era a catástrofe próxima, a catástrofe jamais esperada.

O dia ainda continuava lindo, fresco e tranquilo; o chá foi servido quase em silêncio; a velha Romana olhava um e outro e não tinha nada a dizer. As breves palavras do serviçal e as que lhe eram dirigidas morriam no silêncio como se não fossem pronunciadas. O próprio copeiro servia sem desembaraço; parecia novo no ofício, constrangido. O ruído das xícaras era logo abafado. De quando em quando, o marido olhava a mulher, e esta aquele; e aos dois, com um olhar perscrutador, cheio de esforço de adivinhar, a velha D. Romana, tia-avó de D. Edgarda.

Ia assim o almoço já ao fim, quando a cadelinha apareceu na sala. Correu para junto da dona, com acentuados trejeitos de contentamento; festejou-a e a moça afagou-a, dizendo:

— Olha a minha pobre Lili.

Apanhou-a ao colo, abraçou-a, dizendo:

— Coitadinha! Coitadinha dela! Onde estiveste, meu bem?

Levantaram-se da mesa e D. Edgarda pode dizer:

— Não deixe de ir ver papai. Essas coisas não se adiam.

Ela continuou a afagar a cachorrinha; Numa acendeu o charuto que teimava em apagar-se e respondeu com firmeza:

— Não deixo, não deixo!... Sei bem, muito bem, que é preciso ouvi-lo.

As mulheres afastaram-se, enquanto Numa sentado à cadeira de balanço, fumava, vendo desfazer-se a mesa do almoço. Essas reviravoltas, essas contramarchas na política, ele ainda não sabia adivinhar. Às vezes estava na votação de um projeto; outras vezes na notícia de um jornal; outras vezes em um boato, de forma que não sabia se à sua inexperiência ou a outra qualquer coisa devia atribuir essa falta de acuidade para descobri-las.

Ainda ontem saíra da Câmara e nada vira, nada notara de extraordinário, a não ser um tenente do seu Estado a conversar à parte com um deputado veterano. Vira-os, lembrava-se de que quase sempre confabulavam; mas agora é que notava os reiterados encontros de ambos e o cuidado que tinham em falar baixo, quando se acercava deles. Haveria uma revolução? Mas não podia haver! Deviam estar satisfeitos os militares! A recomendação era dar-lhes tudo.

Não tinham? O montepio das filhas que deviam perder ao casar, não ficava com elas depois do matrimônio? Queriam mais postos? A reforma não se fizera? As suas viúvas não viviam em casas do Estado sem pagar aluguel? Os seus filhos não tinham um luxuoso colégio de graça? Mas seria mesmo revolução?... Quem seria vencedor, se houvesse uma? Era preciso adivinhar. Mas como adivinhar, meu Deus? Quem estava garantido em um país desses?

Quem? O imperador, um homem bom, honesto, sábio, sem saber por que, não foi de uma hora para outra tocado daqui pelos batalhões? Quem podia contar com o dia de amanhã? Ele, Numa? Julgara isto até ali, mas via bem que não. Só havia um alvitre; ir para fora e esperar que as coisas se decidissem, aderindo então ao vencedor. Seria bom.

A sua vontade era esta, mas... o seu sogro havia de indicar-lhe o a caminho. Tinha experiência dessas coisas.

O copeiro acabava de tirar a toalha e sacudiu pela janela as migalhas que tinham ficado nela. Numa reparou a operação sem nenhum pensamento, esquecido um instante de suas apreensões. A ideia da revolução voltou-lhe novamente e dirigiu suas ideias para o governo. Que fazia ele? Não sabia? Então o governo não tem tanta força que o país paga para mantê-lo — como não tinha tomado providências? Para que servia a Polícia, os Bombeiros?

Que poder?! E a Constituição? Lembrou-se Numa que era também poder, poder Legislativo; e a revolução podia atingi-lo. A mulher apareceu:

— Pensei que você já tivesse ido.

— Não. Que é que há?

— Eu sei lá!

— Deve haver alguma coisa, porque...

— O melhor é você fingir que não sabe nada.

— É o que vou fazer.

— Outra coisa, Numa: você vê se os meus livros já vieram.

O deputado, com essas comissões da mulher, já ganhara uma certa prática dos livros e matara um pouco em si a aversão que sempre sentira por eles. Só julgava perdoáveis aqueles que lhe serviam à carreira, os outros julgava que deviam ser queimados.

Passava frequentemente pelas livrarias, comprava um e outro, dava-os à mulher que sempre tivera o hábito de ler. E ela lia poetas, lia os romances, e foi alargando o campo de leitura. Deste e daquele modo foi completando a sua instrução, adquirindo essa segunda que as mulheres, no dizer de Balzac, só adquirem com um homem. Apanhara bem a relação que há entre a vida que não vivera e o livro que lia: entre a realidade e a expressão.

Numa tinha o cuidado de não dizer aos indiscretos que os livros eram para a mulher; e gostava daqueles encargos, mirando às vezes as estantes da esposa com íntimo orgulho.

O marido fora atender uma visita; ela abriu o livro que trazia marcado e seguro em uma das mãos e pôs-se a lê-lo sentada à mesa de jantar.

Numa, que estava completamente preparado para sair, não se demorou em ir à sala.

Nela encontrou uma elegante senhora de quarenta anos, luxuosamente de luto, irrepreensivelmente espartilhada, muito alva, com uns lindos olhos negros que mais se encheram de brilho e sedução quando disse:

— O Doutor há de desculpar-me tê-lo incomodado agora, mas...

— Não, minha senhora. Prefiro mesmo ser procurado à esta hora, porque à tarde, ou mesmo à noite, estou quase sempre ocupado com estudos, lavrando pareceres... Faça o favor de sentar-se... Os deputados trabalham muito, minha senhora.

Os dois sentaram-se, e a dama tomou uma posição natural e irrepreensível, como se posasse para o retrato.

— Sei bem, doutor. Sei perfeitamente. Meu marido já me dizia isso.

— Seu marido foi deputado, minha senhora?

— Não, doutor. Sou viúva do sr. Lopo Xavier.

— Oh! Conheci muito...

— Deu-se com ele?

— Não. De nome, era um belo talento. Queira aceitar os meus pêsames.

— Obrigada, doutor.

Calou-se um instante; com o dorso da mão esquerda, assentou melhor a blusa na cintura delgada e continuou a viúva mais melodiosa.

— O doutor sabe que ele não deixou nada. Morreu pobre. Só deixou a casa em que moramos, o montepio, muito pequeno, e quase nada mais... Não nos é possível viver com isso, tudo está tão caro, doutor, que requeri ao Congresso uma pensão.

Pronunciou as últimas palavras adoçando as sílabas com uma leve inflexão de sofrimento.

Numa perguntou:

— Muitos filhos, minha senhora?

— Um. Uma filha.

— Julguei que fossem mais. Os jornais, se não me engano, disseram...

— São do primeiro casamento. Estão maiores, os filhos; e a filha, casada.

A senhora alongou o busto e explicou imediatamente:

— Não é justo, doutor, que o governo deixe na miséria a viúva e a filha de um homem que tanto trabalhou pela pátria. Foi propagandista da República, bateu-se pela abolição...

— Sei bem disso, mas esse negócio de pensão... esse negócio de pensão... A senhora já falou com o senador Bastos?

— Já. Ele me disse que dava o voto dele.

— Vou ver.

— Dão-se tantas. Não deram à viúva de um calafate[20] que morreu no incêndio de um navio de guerra? Meu marido foi um juiz íntegro...

— Não há dúvida, minha senhora; mas houve grande dificuldade em dar-se à viúva daquele general...

— Ah! Doutor! O montepio é muito grande; não é como o nosso, viúva de civis.

Numa passou o olhar pela sala e demorou-se um instante olhando o retrato do avô de sua mulher. Notou-lhe a expressão de energia, a agudeza do olhar e considerou depois a espessa moldura dourada. O legislador ia falar, mas a viúva tomou-lhe a palavra.

— É de toda a justiça, doutor, o que peço.

— Não há dúvida, minha senhora! Não há dúvida! Conte comigo, minha senhora.

A viúva levantou-se e, estendendo a mão irrepreensivelmente enluvada, despediu-se:

— Obrigada, doutor. Obrigada! E, sem querer incomodá-lo mais, desde já lhe agradeço muito o favor que me vai prestar.

Encaminhou-se para a porta e a marcha fez que ondas de essências caras envolvessem o doutor carinhosamente.

Ao pisar no patamar da escada, arrepanhou gentilmente as sedas da saia, voltou-se e cumprimentou, sorrindo, o deputado, que a levara até aporta da entrada.

---

20 Operário especializado da construção naval [N.E.]

Edgarda tinha continuado, na sala de jantar, a leitura do seu querido Anatole France. Relia o volume e se detivera na frase em que um velho acadêmico, depois de cochilar um tanto, afirma: "*Rassurez-vous, madame: une comète ne viendra pas de si tôt heurter la terre. De telles rencontres sont extremement peuprobables!*[21]".

Lembrou-se bem do fim do almoço e ficou segura de que o fim do mundo estava indefinidamente adiado.

Tendo-se despedido da viúva, Numa voltou à sala de jantar, já com o chapéu na mão, para sair. A mulher perguntou.

— Quem era essa senhora?

— É a viúva do Lopo Xavier.

— Que queria ela?

— O meu voto para que lhe fosse concedida uma pensão que requereu.

— Prometeste?

— Prometi.

— E o Bastos?

— Não se incomoda

— Tu a conheces?

— Não.

— Pois saibas tu de uma coisa: ela é rica, não muito, mas tem com que viver.

— Quem te disse?

— Todos sabem. O pai deixou-lhe dinheiro e o marido alguma coisa. O que ela quer é luxar... Não precisa... O que tem dá e sobra.

Os dois calaram-se e Numa ficou um instante parado, hesitando em despedir-se da mulher. Não achava nenhuma gravidade na promessa. Que podia ser? Trezentos ou quatrocentos mil-réis por mês. Adiantou-se para beijar a mulher, quando esta lhe perguntou de repente:

---

21 Em tradução livre: *Fique tranquila, senhora: um cometa não vai atingir a Terra tão cedo. Esses eventos são extremamente improváveis.* [N.E.]

— Numa, vocês já votaram a pensão para a viúva daquele bombeiro que morreu num incêndio da Saúde?

— Que bombeiro?

— Homem, não sabes? O presidente pediu até em mensagem especial... Não te lembras?

— Ah! É verdade!

— Então?

— Ainda não. A comissão ainda não deu parecer.

Beijaram-se e Numa saiu para a sessão da Câmara dos Deputados.

3

O general Manoel Forfaible almoçava cedo e logo procurava a sede da sua comissão.

Presidia a comissão de inventário do material bélico inutilizado e avaliava sobre o proveito provável de algumas peças pelas listas que os sargentos lhe enviavam. Era uma comissão técnica e os outros seus auxiliares tinham também conhecimentos sólidos de ciência e artes militares que aplicavam nas listas, a exemplo do chefe.

Sua jovem mulher empregava o ócio matrimonial fazendo visitas, correndo casa de modas, assistindo a sessões cinematográficas. Havia entre ambos uma efusiva simpatia. Não era bem marido e mulher; eram pai e filha. Mais do que a diferença de idade, cerca do dobro entre os dois, determinava esse aspecto de suas relações a diferença de temperamento. O general era bonachão, simplório, lento de espírito, já um tanto desmilitarizado; a mulher, porém, era viva, convencida dos bordados do marido e das prerrogativas que os dourados lhe davam.

Ela o via a cavalo passando revista às tropas, garboso, ereto na sela, com um olhar de batalha; ele se via sempre em chinelas, lendo os jornais na varanda da casa.

Desde muito que D. Ana Forfaible não visitava a sua amiga Mariquinha. Era terça- feira, dia morto para a rua do Ouvidor; os cinemas não tinham mudado de programa; ela vestiu-se e resolveu-se a ir ver a amiga. Certamente estava em casa, pensou ela; Mariquinhas é caseira, tem filhos; ademais, o marido ainda é tenente e não pode andar em passeios. Não tinha muito que esperar para melhorar, pois as coisas iam mudar. Mme. Forfaible desejava ardentemente a prosperidade do marido da sua amiga. Ele era engenheiro militar, tinha um bom curso, sabia bem matemática, não podia estar a lidar com soldados, a fazer serviço de quartel. O seu lugar era ocupar uma boa comissão, dessas que os paisanos têm, esses paisanos que não sabem nada...

Muito bem vestida e enluvada, fechou o rosto na sua importância, radiou a patente de seu marido e seguiu para a casa da amiga. Chegou.

— Não sabes — disse ela suspendendo a "*toilette*" —, como tenho andado atarefada... Não te tenho podido visitar... Também tu não vais lá em casa?

— Não tenho podido, Anita; o Descartes anda só doente e ...

— Não ficou no colégio?

— Não. Aquele idiota do comandante mandou-o para casa... Se fosse filho de um coronel...

— Isso tudo vai mudar, Mariquinhas. Tem paciência....

— Qual paciência, minha filha. Aquele colégio é assim mesmo. Já nos exames é o diabo. Perseguem o pequeno... Álvaro vai lá, fala, mas o que queres?

— São os paisanos[22]?

— Qual paisanos, minha filha! São os colegas mesmo do Álvaro...

— Vai melhor?

— Vai... lá está bom.

22 Mesmo que civis [N.E.]

— E a Heloísa?

— Muito bem. Está no colégio. Não queres tomar café?

Foram para a sala de jantar. Sentando-se à mesa Mme. Forfaible descansou a bolsa, tirou as luvas, juntou tudo — lenço, luvas e carteira — e pôs do lado esquerdo. A dona da casa começou a colocar as xícaras; ia e vinha do guarda-louça, para a mesa, conversando.

— Estou sem criada, Anita. Um inferno!

— As minhas também não param.

— Não há leis...

— Esses paisanos, esses deputados não servem para nada.

— Não há quem cuide disso. Ganham um dinheirão...

— Se fossem militares...

— Hão de acabar.

— Olha, queres saber de uma coisa: o Xisto não vai.

— Corre isso.

— Pois eu lhe digo que sim. Está tudo preparado... Bastos ainda não deu o sim, mas quem vai é o Bentes.

— Ouviste dizer isto?

— O Manoel não te disse nada?

— Nada. E o Álvaro?

— Álvaro não diz coisa com coisa, mas ouço as conversas deles... Quem vai mesmo é o Bentes... Quem fez a Republica não foram eles? Então fizeram a Republica para os outros? Não achas?

— Certamente. Não nos tem adiantado nada. Os paisanos tomaram os lugares, os bons, e nos deixaram os ossos. Uma ova!

— Vê tu o que ganha o Álvaro. É soldo de um oficial, de um engenheiro? Qualquer civil aí, que não sabe o que ele sabe, ganha contos de réis! Não tem lugar nenhum!... É um desaforo!

— Mas Bentes quer?

— Bentes quer, mas tem medo. Sabes bem que quem o faz querer não é ele, é o Gomes.

— Os militares sempre provam bem.

— E são honestos!

— O que era preciso, minha filha, era melhorar também o montepio.

— De tudo isso eles vão tratar; e agora é que são elas!

— Se o "velho" não quiser, como há se der?

— Contra a força não há resistência, Anita. Sabes bem disso.

O café foi servido e ambas deixaram um instante de conversar. Mme. Foirfable perguntou:

— Quem será o Ministro da Guerra?

— Não sei; mas Álvaro não pode deixar de ser promovido. Agora é por antiguidade e merecimento. O Supremo já disse... Queres ver o Almanaque?

— Não é preciso... Sei bem... Não vai ser ministro o Costa?

— Qual Costa? Costa está barrado.

— Não sabes nada?

— Nada.

— Se fosse o Manoel?

— Era bom... O Álvaro estava feito... Mas ele não quer lugar no ministério, quer civil.

— Isto arranja-se

— Tudo vai ser militar.

Acabaram de tomar café e D. Mariquinha ainda pediu que D. Anita intercedesse junto a Neves Cogominho pela nomeação de um parente. Como se fosse hora adequada, Mme. Forfaible dirigiu-se ao Senado. Não estava certa de obter, mas servia à amiga e podia ver o que havia. Não lhe foi difícil falar ao pai de Edgarda, que prometeu se inteirar do assunto; sobre política, porém, nada pode adiantar. Observou as fisionomias dos contínuos, dos solicitantes, dos jornalistas e parlamentares; notou o tom das conversas aos cantos da janela, e pareceu-lhe que havia alguma coisa de anormal. Esses rumores, esses cochichos, ela os ouvia desde muito tempo; mas agora, depois das revelações da amiga, Anita já sabia do que se tratava. Era preciso aproveitar. O marido devia esforçar-se por ser ministro e viu na coisa uma promoção.

Não tinha intenção de vir, mas as sombras, as vitrines, a agitação da rua do Ouvidor atraíam-na como para um afago. Mergulhou nela sentindo a volúpia de um banho morno. Já pisava de outra forma, já olhava sem "morgue"; sentia-se bem no seu elemento. Não tardou a encontrar conhecidos. Parou um pouco a falar com o poeta Albuquerque, um poeta curioso, só poeta nas salas, só conferencista nas salas, teimoso em sê-lo por toda a parte, mas mesmo os que o conheciam nos salões, não admitiam que o fosse fora deles. Mme. Forfaible gostava de falar com ele e gostava de seus versos, mas os compreendia melhor quando os recitava nas casas de família, entre moças e senhoras, de casaca ou "*smoking*", com o seu grande olhar negro quase parado, sem fixar-se em nenhuma fisionomia.

Sabendo como julgavam a sua poética, Albuquerque fazia o possível para desmentir esse julgamento. Empenhava-se para publicar os seus sonetos nos grandes jornais, aos domingos; aderia às revistas "chics" e das quais se dizia redator. Todos, porém, nas rodas de literatos — como fora delas — não se convenciam de que fosse outra coisa que um poeta de salas e festas burguesas.

A sua elegância era procurada e o seu falar todo cheio de sibilos, de chiantes, que sublinhavam gestos demorados e quase sempre impróprios. A sua inspiração, a sua versificação de colegial, as suas imagens, talvez, fossem muito do gosto das nossas salas; mas, à luz do dia, nas revistas e jornais, provocavam risos e galhofas. Apesar de rico, era delicado e atencioso com os pobretões dados a versos, e todos perdoavam o seu fraco, não o debochavam publicamente, e ele vivia com a sua infantil ilusão e o seu grande olhar negro que supunha fascinador.

Albuquerque ofereceu-lhe chá e foram tomar na saleta "chic".

— Tenho, minha senhora, uma nova produção. Creio que vai gostar muito dela.

— Não a recite na rua, senhor Albuquerque. Podem pensar que sou também literata....

— Não havia mal nisso. Guardarei, entretanto, para dize-la aos servirmo-nos do "*ted*"; e, entre um "*gateau*" e outro, poderei contar-lhe, minha senhora, a "história vernal dos meus amores".

— É do soneto?

— É, minha senhora.

— Logo vi.

No caminho, encontraram Benevenuto, o primo de D. Edgarda, que os cumprimentou e continuou a caminhar. Albuquerque disse por aí a D. Anita:

— Dizem que este moço tem talento... Ele faz versos, a senhora sabe?

— Sr. Albuquerque, penso que poeta aqui é o senhor...

— Não, minha senhora. Não! Perdoe-me... Ouço sempre dizer que ele tem muito talento e informava-me simplesmente.

Benevenuto não fazia versos nem coisa alguma. A sua preocupação era mesmo não fazer nada. Não tinha isso como sistema e até estimava que os outros o fizessem. Era o seu modo de viver, modo seu, porque se julgava defeituoso de inteligência para fazer qualquer coisa e inútil fazê-la desde que fosse defeituoso. Gastara uma parte da fortuna em prodigalidades e ações vulgares e ganhara a fama de extravagante. Moço, ilustrado, a par de tudo, rico ainda, podia bem viver fora do Rio, mas dava-se mal fora dele, sentia-se deslocado, se não respirasse a atmosfera dos amigos, dos inimigos, dos conhecidos, das tolices e bobagens do país. Lia, cansava-se de ler, passeava por toda a parte, bebia aqui e ali, às vezes mesmo embebedava-se, ninguém lhe conhecia amores e as confeitarias o tinham por literato. Não evitava conversas, tinha relações em toda a parte e, por sinal, depois de passar por Mme. Forfaible e Albuquerque, encontrou o Inácio Costa, com quem foi tomar café.

A estranha mania do Costa era a política. Estava sempre a par dos acontecimentos, das manobras, das intrigas. Benevenuto, que não lia essas coisas, que passava os olhos distraídos pelas sessões parlamentares dos jornais, a não ser quando se tratava de Numa, estimava a sua palestra por lhe informar a respeito desse aspecto de nossa vida que ele não prezava absolutamente.

— Acabo de saber que o general Bentes quer mesmo; o Bastos não se opõe, pois acha a candidatura do Xisto insólita.

Ele falava quase em segredo e o companheiro compreendia por alto o que dizia.

— Já mandei a minha adesão... O seu parente...

— Quem?

— O Salustiano.

— Não é meu parente. É parente do Cogominho e da minha prima, de quem sou parente por parte de mãe.

— Não quer dizer nada... Vamos ter um governo forte, um governo como o do grande Frederico, que conciliou a liberdade e a ditadura, realizando espontaneamente o voto sistemático de Hobbes.

Costa esquecia-se muito de quem fora Frederico e de quem era o General Bentes; mas Benevenuto não lhe quis lembrar.

— Costa — disse-lhe este —, não te parece semelhante conciliação um tanto difícil?

— A ditadura não é isso que vocês pensam. É a ditadura republicana.

— Em que consiste a diferença?

— Em que consiste? Consiste em suprimir, em diminuir as atribuições desse Congresso, dessa Justiça, que perturbam o regime.

— Mas Costa, você não quer conciliação da liberdade com o governo?

— É o que diz o Mestre, o maior pensador dos tempos modernos, que completou Condorcet por de Maistre[23].

— Sei... se você quer isso, deve querer Justiça e Congresso, porque assim se obtém a conciliação. Todo o pensamento em criá-los e fazê-los independentes não foi senão com esse fim. Você lembre-se bem da história da revolução...

---

23 Referência aos pensadores franceses Nicolas de Condorcet (1743-1794) e Joseph-Marie de Maistre (1753-1821) [N.E.]

— Nada! Nada! Isto tudo entorpece a ação do governo... Esses debates, essas chicanas...

— Mas Costa, você quer é um sultanato, uma *khanato*[24] oriental e pior do que isso, porque nesses há ainda uma lei: o Corão; e, no teu, não há lei alguma. Como limitar a vontade do governo, como saber os nossos direitos e deveres? Com a *Politique* de Comte ou simplesmente com o Lagarrigue[25]?

— Qual lei! Lei são as naturais que são irrevogáveis.

— Nem tanto assim, meu caro, são também hipóteses possíveis...

— Como?

— São. Você deve conhecer a história das ciências. Há o exemplo muito curioso da queda dos corpos que têm tido diversas leis pelos anos afora, desde Aristóteles e outros muitos.

— Mas agora está certa?

— Quem afirma isso a você?

— Benevenuto, você é um metafísico!

Inácio Costa despediu-se e correu atrás de um amigo a quem desenrolou o manifesto para o qual pedia assinaturas.

Benevenuto tinha vagas notícias dessa candidatura presidencial de Bentes, mas, como toda a gente, não a levou a sério. Ouvira num bonde que fora levantada pela *A Cimitarra*, um jornaleco do interior, e não deu atenção ao caso. A agitação do Costa, o seu entusiasmo não lhe pareceram de bom agouro. Sabia que o Costa passara pelo florianismo e essa concepção nacional de governo traz no bojo, no fim de contas, um grande desprezo pela vida humana.

Numa, com quem estivera, parecia amedrontado; e fora com insistência que perguntara pelo Salustiano. Não dera o devido valor à insistência; mas, com os dados que ia colhendo, parecia que esse

24 Ente político governado por um *khan* ou *cã*, palavra em mongol ou turco para "líder" ou "senhor de um território", seja um principado, um reino ou um império [N.E.]

25 Referência aos filósofos positivistas Augusto Comte (França, 1798-1857) e Jorge Lagarrique (Chile, 1854-1894) [N.E.]

Salustiano aderira ao candidato improvisado para subir e galgar posições políticas, talvez mesmo retirar Cogominho da chefia.

Ainda uma vez ele não compreendia esse negócio de política e ainda uma vez sentia bem que, ao contrário dos que abraçam uma qualquer profissão, os políticos não pretendem nunca realizar o que a política supõe, e isto logo ao começarem. Singular e honesta gente! Que se diria de um médico que não pretendesse curar os seus doentes?

A esmo pôs-se a passear, a andar daqui para ali a ver as montras de joias, o vazio das fisionomias naquela constante curiosidade aterrada que parecia dominá-las.

A satisfação que ele encontrou em Inácio Costa não era o sentimento que ele via na massa da população. Os boletins dos jornais eram avidamente lidos, embora insignificantes. Os transeuntes paravam, amontoavam-se à porta dos jornais para ler a notícia de um simples falecimento. A cidade estava apreensiva e angustiada. É que ela conhecia essa espécie de governos fortes, conhecia bem essas aproximações de ditadura republicana. O florianismo dera-lhe a visão perfeita do que eram. Um esfacelamento da autoridade, um pululamento de tiranos; e, no fim, um tirano em chefe que não podia nada. A liberdade conciliada com a ditadura! Quem regulava essa conciliação, quem determinava os limites de uma e de outra? Ninguém, ou antes: a vontade do tirano, se fosse um, ou de dois mil tiranos, como era de esperar. Os moços, os que tinham visto os acontecimentos de 1893[26], quando meninos, no instante da vida em que se gravam bem as dolorosas impressões, anteviam as execuções, os fuzilamentos, os encarceramentos, os homicídios legais e se horrorizavam.

Benevenuto era desses, desses que aos doze anos, viram as maravilhas do *Marechal de Ferro*, o regime de irresponsabilidade; e não podia esquecer pequenos episódios característicos do espírito de

26 Referência à chamada *Segunda Revolta Armada,* contra o então presidente, Marechal Floriano Peixoto, acusado de se manter no poder em desrespeito à constituição promulgada em 1891 [N.E.]

sua governança: todos eles brutais, todos eles intolerantes, além do acompanhamento de gritaria dos energúmenos dos cafés.

Não supunha que a ressurreição fosse adiante, como profetizava Costa. Ele sabia bem que a principal função do governo é desagradar, e todos nós sempre estamos a pedir um rei; mas desta vez parecia que as rãs queriam o que estava e contentavam-se com o seu toco de pau de soberano, manso, fraco e inerte.

Continuou a caminhar, fatigou-se, não quis entrar em café conhecido. Procurou um fora da Avenida e da rua do Ouvidor. Comprou um jornal da tarde onde nada leu de novo. Era de maravilhar isto, pois corriam tantos boatos, tantas versões, havia tanta ansiedade, como as folhas não se apressavam em dizer alguma coisa? Calavam-se; calavam-se como se tivessem medo de despertar o monstro que dormitava.

O café não ficava longe, mas não era visitado pelos *habitués* da Avenida. Ocupava uma velha casa baixa, cujo andar térreo, tendo as paredes violadas em portas, aqui e ali, dava a entender que suportavam com esforço o pavimento superior. Não nascera para aquele destino e as colunas de ferro mal dissimulavam a fadiga. Benevenuto sentou-se e emendou a leitura do jornal que vinha começada. Em uma mesa próxima, um grupo conversava. O recém-chegado não os examinou bem, mas ouviu-lhes a conversa.

— É melhor ser assim... Isso de estar com trapaceiros não vale... Quem quer, quer mesmo!

— A história era o Bastos.

— Ora Bastos! Bastos é tutu? Todo o mundo tem medo do Bastos.

— Ora! Enquanto mulher parir, não há homem valente. Ele tem mesmo que engolir a espada.

— É dos nossos.

— Não podia deixar de ser assim... Este chefe não pode continuar. Não dá emprego à gente e não quer jogo... A gente tem que viver de quê?

— Se o general vier...

— Se vier?! Vem mesmo!

— É um modo de falar... Tudo muda. Vocês não viram o Floriano? Estava tudo barato. Agora?

— Qual! Paisano não dá *pra* coisa.

Benevenuto ouvia a conversa, mas não se atrevia a examinar os vizinhos. Descansou da leitura, pôs-se a tomar café; e, por acaso, demorou o olhar sobre o grupo. Reconheceu nele Lucrécio Barba-de-Bode e foi reconhecido.

— Doutor, como está?

— Como está, Lucrécio?

Eram três e todos tinham um aspecto desembaraçado e descansado, de quem está habituado a encarar a vida em qualquer ponto de vista. Conheciam todas as misérias e todos os constrangimentos. Pareciam tranquilos, seguros de si e esperançados. A conversa entre eles continuou:

— Era mesmo preciso mudar... As necessidades aumentam cada vez mais. Você não viu, Lucrécio, o suicídio daquela moça?

— Foi coisa de amor! Ora, bolas!

— É, mas pelos domingos se tiram os dias santos.

— Não há dúvida! — disse o terceiro, um preto que mascava um charuto. — Não há dúvida! O "velho" queria tomar conta de tudo, não deixava ninguém agir...

— Ele mesmo é que deu azo a tudo isso.

— *Pra* acabar! Vocês sabem de uma coisa: se nós não ganharmos, perder é que não perdemos! Vamos embora!

Lucrécio cumprimentou Benevenuto e seguiu com os companheiros em direção ao largo de São Francisco. Anoitecia e o largo tinha um maior movimento. Os sinos da igreja soavam *Angelus*; soavam quase sem ser ouvidos pelos transeuntes apressados, correndo atrás desse ou daquele bonde. A igreja, porém, continuava imóvel, a anunciar, como fazia há séculos e tanto, as Ave-Marias. Barba-de-Bode lembrou-se de ir para casa, jantar e voltar. Uma força estranha o prendia no centro da cidade. Não se cansava de andar deste para aquele ponto, de subir e descer as escadas da Câmara e dos escritórios, de estar de pé horas e horas; fatigava-se da monotonia do interior, do sossego da sua rua pobre, sem bonde, sem trânsito algum, povoada à tarde pelas brincadeiras das crianças da vizinhança.

Não foi; ficou ainda. A noite foi fechando e pelas nesgas abertas pelas ruas no horizonte, ele viu, sem demorar-se vendo, um pouco do crepúsculo rosado.

Quando de todo veio a noite, o largo tomou outro aspecto. Eram só mulheres, moças, às duas, às três, às quatro. Eram modistas, eram as costureiras. Quase todas, traindo o ofício no apuro do vestuário, fazendas pobres, mas bem talhadas e provadas; e todas elas tagarelas, adornadas, contentes, como se não tivessem trabalhado doze horas e não trabalhassem. As retardatárias passaram e o largo ficou um instante vazio. Não vinham mais homens aos magotes, nem moças aos bandos, nem dos bondes desembarcavam levas de passageiros.

Havia passeantes solitários, homens e mulheres. Paravam nas vitrines, demoravam-se no ponto dos bondes, sempre marchando vagarosamente como se esperassem alguém. Por vezes um deles se encontrava com uma delas, trocavam breves palavras e o caminho de casa era encontrado. A igreja se escondia na sombra e a Escola Politécnica, muito alta, parecia dormir filosoficamente.

Lucrécio olhou o relógio e despediu-se dos companheiros. Não gostava daquela hora ali no largo, preferia-a na Avenida, onde sempre encontrava um conhecido ou outro que lhe oferecia de beber. De resto, precisava saber o "bicho" que dera no jogo noturno; e não convinha, se tivesse ganho, que os outros soubessem. Passou em uma casa de "*bookmaker*[27]" e verificou. Tinha ganho no grupo. Eram vinte mil réis. Poderia levar alguma coisa para casa. De que servia? Tinha tanta dívida. O melhor era aproveitar a "sorte", a "maré". Jantaria primeiro e depois arriscaria o restante. Tomou uma "abrideira", um cálice de cachaça; e procurou um hotel onde jantou vagarosamente, e com apetite. Acabado o jantar, adquiriu um charuto barato e deu

27 Casa de apostas [N.E.]

umas voltas e, dentro em pouco, arriscava as sobras no jogo. Houve alternativas de ganho e de perda. Por fim ganhou, e, à uma hora, estava em casa.

Lucrécio morava na Cidade Nova, naquela triste parte da cidade, de longas ruas quase retas, com uma edificação muito igual de velhas casas de rótula[28], porta e janela, antigo charco, aterrado com detritos e sedimentos dos morros que a comprimem, bairro quase no coração da cidade, curioso por mais de um aspecto.

Muito baixo e comprimido entre as vertentes e contrafortes de Santa Teresa e a cinta de colinas graníticas — Providência, Pinto, Nheco — ainda hoje as chuvas copiosas do estio teimam em encontrar depósito naquela bacia, transformam as vias públicas em regatos barrentos, saltam dos leitos das ruas, invadem, por vezes, as casas; os móveis boiam e saem pelas janelas ainda boiando, para se perderem no mar, ou irem ao acaso encontrar outros donos.

Irregular como é o Rio, não se pode dizer que fique bem ao centro da cidade; é, porém, ponto obrigatório de passagem para a Tijuca e adjacências, S. Cristóvão e subúrbios.

O velho "aterrado" que conheceu atribulações de fidalgos em caminho do beija-mão de D. João VI, é hoje o Mangue, com asfalto e meios-fios; mas, de quando em quando, manhosamente, o canal enche desde que o céu queira, para lembrar as suas origens aos que passam por elas nos bondes e nos automóveis.

A Cidade Nova não teve tempo de acabar de levantar-se do charco que era; não lhe deram tempo para que as águas trouxessem das alturas a quantidade necessária de sedimento: mas ficou sendo o depósito dos detritos da cidade nascente, das raças que nos vão povoando e foram trazidas a estas regiões pelos negreiros, pelos navios de imigrantes, à força e à vontade. A miséria uniu-as ou acamou-as ali; e elas lá afloram com evidência. Ela desfez muito sonho que partiu

28 Grade feita de pedra ou de madeira colocada no vão de janelas ou portas para proteger da luz ou do calor [N.E.]

da Itália e Portugal em busca de riqueza; e, por contrapeso, muita fortuna se fez ali, para continuar a alimentar e excitar esses sonhos.

Para os imitadores, nas "revistas" de ano e nos jornais, de velhos e obsoletos folhetins, a população da Cidade Nova é quase que inteiramente de cor, no que se enganam e em tudo o que mais se segue.

A Cidade Nova de França Júnior já morreu, como já tinha morrido a do *Sargento de Milícias* quando França escreveu.

As mesmas razões que levaram a população de cor, livre, a procurá-la há sessenta anos, levou também a necessitada população branca de imigrantes e seus descendentes a ir habitá-la. Em geral, era — e ainda é — a população de cor, composta de gente de fracos meios econômicos e vivendo de pequenos empregos que tem, portanto, que procurar habitação barata nas proximidades do lugar onde trabalha e veio daí a sua procura pelas cercanias do aterrado. Pelas mesmas razões, vieram se juntar à essa população de cor os imigrantes italianos ou de outras procedências.

Já se vê, pois, que, ao lado da população de cor, naturalmente numerosa, há uma grande e forte população branca, especialmente de italianos e descendentes. Não é raro ver-se naquelas ruas, valentes napolitanos a sopesar na cabeça fardos de costuras que levaram a manufaturar em casa; e a marcha esforçada faz os seus grandes argolões de ouro balançarem nas orelhas, tão intensamente que se chega a esperar que chocalhem. Por toda a parte há remendões; e, de manhã, muito antes que o sol se levante, daquelas medíocres casas, daquelas tristes estalagens, saem os vendedores de jornais, com suas correias e bolsas a tiracolo, que são o seu distintivo, saindo também peixeiros e vendedores de hortaliças com os cestos vazios.

A nacional, branca ou não, é composta de tipógrafos, de impressores, contínuos e serventes de repartições, de pequenos empregados públicos ou de casas particulares, que lá moram por encontrar habitação barata e para evitar a despesa de condução.

Basta examinar um pouco para se verificar a verdade disso, e é de se admirar que os observadores profissionais não tenham atinado com fato tão evidente.

É de ver aquelas ruas pobres, com aquelas linhas de rótulas discretas em casas tão frágeis, dando a impressão de que vão desmoronar-se, mas, de tal modo umas se apoiam nas outras, que duram anos, e constituem um bom emprego de capital. Porque não são tão baratos assim aqueles casebres e a pontualidade no pagamento é regra geral. A não ser aos domingos, a Cidade Nova é melancólica e cismadora, entre as suas montanhas e com a sua mediocridade burguesa. O namoro, como em toda parte, impera; é feito, porém, com tantas precauções, é cercado de tanto mistério, que fica tendo o amor, além de sua tristeza inevitável, uma névoa de crime, de coisa defendida.

Por parte dos pais, dada a sua condição, há o temor de sedução, da desonra e a vigilância se opera com redobrado vigor sobre as filhas; e, para vencê-la, há os processos avelhantados da linguagem das flores, dos meneios do leque e da bengala, e o geral, aos bairros, do "abarracamento[29]".

Não é verdade como fazem crer os espertalhões de "revistas" e folhetins "surrenés", que os seus bailes sejam coisas licenciosas. Há neles até exagero de vigilância materna ou paterna, de preceitos, de regras costumeiras de grupo social inferior que realiza a criação ou a invenção. Mais do que neles, nos grandes bailes luxuosos teria razão o árabe de Anatole France[30].

Como em todas as partes, em todas as épocas em todos os países, em todas as raças, embora se dê, às vezes, o contrário, sendo mesmo condição vital à existência e progresso das sociedades — os inferiores se apropriam e imitam os gestos, a linguagem, o vestuário, as concepções de honra e família dos superiores. Toda invenção social

---

29 No contexto do trecho, o mesmo que a insistência dos pretendentes em frequentar as proximidades da casa das moças, figurativamente acampando ou "abarracando" no bairro [N.E.]

30 Referência ao escritor francês Jacques Anatole François Thibault (1844-1924) [N.E.]

é criação de um indivíduo e grupo particular propagado por imitação a outros indivíduos e grupos; e, quem disso não tem que se amofinar com os bailes da Cidade Nova ou fazer acreditar que sejam batuques ou sambas, que lá os há como em todos os bairros. É exceção.

A Cidade Nova dança à francesa ou à americana e ao som do piano. Há por lá até o célebre tipo do pianista, tão amaldiçoado, mas tão aproveitado que bem se induz que é ocultamente querido por toda a cidade. É um tipo bem característico, bem função do lugar, o que vem a demonstrar que o "cateretê"[31] não é bem do que a Cidade Nova gosta.

O pianista é o herói-poeta, é o demiurgo estético, é o resumo, a expressão dos anseios de beleza daquela parte do Rio de Janeiro. É sempre bem vindo; é, às vezes, mesmo disputado. As moças conhecem os seus hábitos, as suas roupas e pronunciam-lhe as alcunhas e nomes com uma entonação de quase adoração amorosa: é o "Xixi", o "Dudu", o "Bastinhos".

São mais apreciados os que tocam "de ouvido" e parece que eles põem nas "fiorituras", trinados, e "mordentes", com que urdem as composições suas e dos outros, um pouco do imponderável, do vago, do indistinto que há naquelas almas.

Uma "*schottisch*"[32] tocada por eles, ritma o sonho daquelas cabeças, e põe no seu pensamento não sei que promessas de felicidade que todos se transfiguram quando o pianista a toca.

Afora a modinha tão amada por todos nós, são as valsas, as polcas, que saem dos dedos de seus pianistas a expressão de arte que a Cidade Nova ama e quer.

É assim aquela parte da cidade, bem grande e cismadora, bem curiosa e esquecida, que fica entre aqueles morros e tem quase ao centro o palmeiral do Mangue que cresce no lodo e beija o céu.

---

31 Também conhecida como *catira*, é uma dança popular do folclore brasileiro, marcada pela batida de pés e mãos dos dançarinos [N.E.]

32 Gênero musical dançado em pares, parecido com a polca [N.E.]

Barba-de-Bode morava por uma rua daquelas em que os lajedos dos passeios fazem montanhas russas, e o macadame[33] da rua dá saudade do barro batido. Era a casa comum da Cidade Nova, uma pequena casa com a indefectível rótula, janela, duas alcovas, salas, onde moravam ele, a mulher, uma irmã e um filho menor, além de um hóspede, um russo, o dr. Bogoloff.

Não era das mais povoadas, pois outras havia em que se amontoavam no seu estreito âmbito oito a dez pessoas.

A mobília era a mais reduzida possível. Na sala principal, havia duas ou três cadeiras de madeira, com espaldar de grades, a sair de quando em quando do encaixe, ficando na mão do desajeitado como um enorme pente; havia também uma cômoda, com o oratório em cima, onde se acotovelavam muitas imagens de santos, e, cá do lado de fora, queimava uma lamparina e secavam em uma velha xícara ramos de arruda. Na sala de jantar, havia uma larga mesa de pinho, um armário com alguma louça, um grande banco e cromos e folhinhas adornavam as paredes.

De manhã, quando Lucrécio saiu do quarto, toda a família já estava de pé. A irmã lavava ao tanque, no quintal; a mulher já varrera a casa e preparava o almoço e o filho fora em busca do *O Talismã*, famoso jornal de palpites do "bicho", em que toda a casa tinha fé. Não havia dia que não o comprassem e bem duas horas levavam a decifrá-lo, a estudá-lo, para afinal jogarem aquelas pobres mulheres um cruzado, se tanto.

O jornal do "bicho" é procurado e lido; é o mensageiro da abundância, é a esperança de salvar compromissos e poderosamente concorre para a realização de casamentos e batizados. A nossa triste humanidade sempre pôs grandes esperanças no acaso...

Se uma viúva tem que casar a filha e meios não lhe sobram, só um recurso há: acertar no "bicho", na dezena e centena, com o auxílio do jornal bem informado. Os redatores desses jornais vivem assediados de cartas, pedindo palpites nas dezenas e centenas; e, nestas cartas,

33 Tipo de pavimentação em três camadas de pedras [N.E.]

os missivistas, em geral do sexo feminino, confessam as suas misérias e necessidades, mais íntimas, segredos do coração.

O primeiro cuidado da mulher de Lucrécio e da irmã era comprar o jornal e, muitas vezes, sem dinheiro para jogar, compravam por prazer e devoção.

A mulher de Lucrécio, Ângela, era mulata como ele, mas franzina, um pouco mais clara, feia, avelhantada precocemente e docemente triste; a irmã era forte, mas pesada de corpo, um rosto curto e nariz grosso e uns olhos empapuçados. Era casada, mas do marido não tinha notícias e perdera os filhos em pequena idade.

Lucrécio, depois de banhar-se, pediu à mulher que lhe desse de almoçar; queria sair cedo.

— Já está pronto o que há — disse ela.

Ele acabou de vestir-se e sentou-se logo à mesa do almoço. O filho voltou com o jornal; e, um instante, Lucrécio olhou a criança com o olhar mais preocupado.

— A benção, papai?

— Deus te abençoe, meu filho.

O pai viu ainda os olhos luminosos da criança, carbunculando[34] nas escleróticas muito brancas e pensou de si para si: que vai ser dele? Lembrou-se de dar-lhe dinheiro para os sapatos com que fosse à escola, mas estava atrasado na casa. A desordem de sua vida antigamente... Que vai ser dele? Bem, arranjaria um emprego, o faria estudar, e havia de tomar caminho. Que vai ser dele? E logo lhe veio o ceticismo desesperado dos imprudentes, dos apaixonados e dos que erraram; há de ser, como os outros, como eu e muita gente. É sina!

A mulher foi pondo os pratos na mesa e Lucrécio se foi preparando para comer.

— Não fizeste arroz, Ângela?

— Não. Para quê?

---

34 De aspecto escurecido, como provocado por carbúnculo, também conhecido como antraz, uma doença infecciosa bacteriana que afeta a pele provocando manchas escurecidas [N.E.]

— Quero arroz! — fez com azedume Lucrécio.

Havia entre os dois essa necessidade de rixa e parece que cada um deles queria por esse meio manifestar ao outro as desilusões que se trouxeram reciprocamente. Às vezes, era o marido a provocá-la; em outras, a mulher; entretanto eles viviam unidos, trocando heróicas dedicações.

— Se você quer — disse-lhe a mulher —, mande buscar.

— Por que você não mandou?

A irmã continuava a lavar no tanque e Lúcio, o filho de Barba-de-Bode, assistia encolhido a um canto a discussão entre os pais. Tinha as mãos entre as pernas e olhava um e outro quase ao mesmo tempo.

— Não mandei... Por que você não se levanta mais cedo e diz o que quer? Não adivinho!

À vista da insistência da mulher, Lucrécio fez-se calmo, pensou um pouco e disse ao filho:

— Lúcio, vai lá à venda e diz ao "seu" Antunes que mande um quilo de arroz. Ângela

— ajuntou —, dá o caderno.

O pequeno ficou atônito e, embora se houvesse erguido, não moveu o pé; a mulher fez que não ouvia. Barba-de-Bode insistiu com fúria:

— Você não vai rapaz? Não está ouvindo?

A mãe interveio:

— Sente-se aí!

— Como? — fez o pai.

— Então você não sabe que o Antunes não nos fia mais?

— Por quê?

— Ora, por quê? Porque você não lhe paga e não estou para o pequeno estar ouvindo desaforos!

Lucrécio ergue-se, com os olhos fora das órbitas, rilhando os dentes e expectorou:

— Aquele... Ele me paga!

E dirigiu-se para o corredor; a mulher interveio:

— Que vai você fazer, Lucrécio? Você deve...

— Deixe-me! — disse ele. A mulher insistiu:

— Não vá lá... Você tem um filho, homem de Deus!

Desvencilhou-se da mulher; ela, porém, ainda o deteve na sala de visitas, quase chorando.

— Não vá lá, Lucrécio! Não vá!

— Deixe-me! Deixe-me! Vocês não sabem o que é ser mulato! Ora bolas!

Por aí a porta do quarto que dava para a sala de visitas foi aberta e apareceu o hóspede:

— Que é isso, Lucrécio?

— Não é nada, doutor. Não é nada!

Sentou-se a uma cadeira, pôs-se um instante com a cabeça inclinada segura entre as mãos que se apoiavam nos joelhos; e, ao fim de algum tempo, perguntou à mulher que estava de pé em frente dele, de braços cruzados:

— Quantos meses devemos de casa?

— Três.

Pediu a conta da venda, considerou bem e disse para o filho, tirando o dinheiro do bolso:

— Vá pagar esse judeu, Lúcio! Doutor — fez para o hóspede, logo em seguida —, vamos almoçar.

O doutor Gregory Petrovich Bogoloff era russo e tinha vindo para o Brasil como imigrante. Lucrécio conhecera-o na rua, num botequim; bebera com ele e, sabedor de que não tinha pouso, cedera-lhe um dos dois quartos de sua casa. Nesse tempo, o russo andava doente e tinha abandonado o núcleo colonial onde se estabelecera.

Com as melhores disposições para o trabalho honesto, imigrou, foi para uma colônia, derrubou o mato do lote que lhe deram, construiu uma palhoça; e, aos poucos, uma casa de madeira ao jeito das "isbas"[35] russas.

35 Casas de madeira, típica dos camponeses russos [N.E.]

A colônia era ocupada por famílias russas e polacas, e enquanto os seus trabalhos de instalação não se acabaram, Bogoloff não travou relações valiosas.

Ao fim de dois meses o doutor de Kazan[36] tinha as mãos em mísero estado, se bem que o corpo tivesse ganho mais saúde e mais força. Aos administradores da colônia via pouco, e evitava vê-los, porque eram arrogantes, mas travou relações com o intérprete, que muito o orientou na vida brasileira. Havia neste certos tiques, certos gestos, que pareceu a Bogoloff ter o funcionário sofrido trabalhos forçados. Era russo, e pouco disse dos seus antecedentes. Um dia disse ao compatriota:

— És tolo, Bogoloff; devias ter-te feito tratar por doutor.

— De que serve isso?

— Aqui, muito! No Brasil, é um título que dá todos os direitos, toda a consideração… Se te fizesses chamar de doutor, terias um lote melhor, melhores ferramentas e sementes. Louro, doutor e estrangeiro, ias longe! Os filósofos do país se encarregavam disso.

— Ora bolas! Para que distinções se me quero anular? Se quero ser um simples cultivador?

— Cultivador? Isto é bom em outras terras que se prestam a culturas remuneradoras. As daqui são horrorosas e só dão bem aipim ou mandioca e batata doce. Dentro em breve estarás desanimado. Vais ver!

Desprezando as amargas profecias do intérprete da colônia, pôs-se o imigrante a trabalhar na terra com decisão. Plantou milho e fez uma horta em que semeou couves, nabos e repolhos.

De fato, veio o milho rapidamente, mas as espigas, quando foram colhidas, estavam meio roídas pelas lagartas; a horta deu mais resultado; a "rosca" e piolho, porém, estragaram grande parte dos canteiros.

Tentou outras culturas: a do trigo, a da batata inglesa, mas não deram coisa que prestasse. Assim foi; e quer dizer que Bogoloff no "eldorado", continuava a viver da mesma forma atroz que no inferno

36 Capital da República do Tartaristão, membro da federação russa [N.E.]

da Rússia. Deitou-se com afinco à cultura da batata doce, do aipim, da abóbora e mais não fez senão pedir à terra esses produtos quase espontâneos e respeitados pelos insetos daninhos.

A colheita foi tal, que, pela primeira vez, teve lucro e satisfação. Começou a criar porcos que engordou com as batatas doces e os aipins; e, embora não encontrasse mercados fáceis para os suínos, ganhou algum dinheiro e viveu assim alguns anos, adquirindo aos poucos os hábitos de cultivador no país. Não comia mais pão, mas broa de farinha de milho ou o aipim cozido; o açúcar com que temperava o café era o melaço da cana que obtinha em uma engenhoca tosca de sua própria construção. Desanimara de culturas mais importantes e a base da sua vida era a batata doce, o aipim, a cana e o porco.

A terra, a sua estrutura e composição, o seu determinismo, enfim, tinha levado o doutor russo a esse resultado, e só obedecendo a ele é que pudera tirar alguma renda.

Quem sabe se a vida no Brasil só será possível facilmente baseando-se no aipim e na batata doce? Quem sabe se por ter desejado fugir a essa fatalidade da terra, é que o país tem vivido uma vida precária de expedientes?

Durante muito tempo, a fortuna do Brasil veio do pau de tinturaria que lhe deu o nome, depois do açúcar, depois do ouro e dos diamantes; alguns desses produtos, por isso ou por aquilo, aos poucos foram perdendo o valor ou, quando não, deixaram de ser encontrados em abundância remuneradora.

Mais tarde vieram o café e a borracha, produtos ambos que, por concorrência, quanto ao primeiro, e também, quanto ao segundo, pelo adiantamento das indústrias químicas, estão à mercê de desvalorização repentina. Viu bem isso tudo.

A vida econômica do Brasil nunca se baseara num produto indispensável à vida ou às indústrias, no trigo, no boi, na lã ou no carvão. Vivia de expedientes...

Bogoloff fatigou-se de sua vida de colono que nunca chegaria à fortuna, daquele viver medíocre e monótono, fora dos seus hábitos adquiridos. Viu a cidade, quis fugir ao sol inexorável, à gleba em que estava. Liquidou os haveres e correu ao Rio de Janeiro. Foi professor aqui e ali, ganhando ninharias. Não encontrou apoio nem procurou. Passava dias nos cafés, conheceu toda a espécie de gente, caiu na miséria e foi socorrido por Lucrécio, quando doente e sem vintém, em cuja casa estava há dois meses.

O almoço era parco e Barba-de-Bode tornara-se jovial. O russo não se deixara contaminar pela alegria do anfitrião e viu-lhe entrar o filho com um olhar compassivo agradecido.

— Doutor, tudo isso vai mudar. O "homem" vem...

— Quem?

— O Bentes.

Bogoloff não tinha fé nem estima pela política e muito menos o costume de depositar nela os interesses de sua vida. Calou-se, mas Barba-de-Bode asseverou:

— Pode ficar certo que lhe arranjarei um emprego.

O russo olhou com um ingênuo espanto o rosto jovial do antigo carpinteiro.

4

O bonde ia agora atravessando os Arcos. Sob a luz de um dia brumoso, encoberto, um dia pardo, a cidade se estendia irregular e triste. Bondes, carros, transeuntes passavam por debaixo da arcaria secular. Escachoavam, marulhavam, redemoinhavam como as águas de um rio. As casas eram vistas pelos fundos e os passageiros entravam um pouco na vida íntima dos seus habitantes.

Viam-se criadas a lavar, homens em trajes de banho, casais que almoçavam — todas essas cenas familiares iam sendo desvendadas pelo elétrico que rodava devagar, quase roçando as bordas do velho aqueduto do conde de Bobadela.

Foi um alívio quando penetrou pelo flanco da montanha de Santa Teresa, guinchando estrepitosamente, vencendo a rampa que o levava morro acima. A cidade se foi vendo melhor. Lá estavam as ruas centrais, cobertas de mercancia; mais além a Cidade Nova; acolá a pedreira de São Diogo, chanfrada, esfolada e roída pela teimosa humanidade; a estrada de ferro, o Mangue...

As torres das igrejas subiam aos céus com os seus votos e desejos. Do zimbório da Candelária, muito calmo na sua curva suave, o lanternim olhava tudo aquilo com superioridade e curiosidade, e curiosa indiferença.

O mar parecia coagulado ou feito de um líquido pesado e espelhante; os navios estavam como incrustados nele e as ilhas pareciam borrões naquele espelho fosco.

A vista caía sobre um veículo, um carro, por exemplo, e dali, poucos metros acima do solo, não se podia perceber se era um "*coupé*" de luxo ou um carro da Misericórdia, se era uma traquitana de praça ou o "landau" do presidente.

Não se separavam bem as pessoas e as coisas: o que se via era aquele ajuntamento, aquela aglomeração, que lá do alto parecia ser uma existência, uma vida, feita de muitas vidas e muitas existências. Não era o palacete ou o cortiço, não era o patrão ou o criado, não era o teatro ou o cemitério, não era o capitalista ou o mendigo; era a cidade, a grande cidade, a soma de trabalho, de riqueza, de miséria, de dores, de crimes de quase quatro séculos contados.

O bonde chegou ao largo do Guimarães, e D. Edgarda se viu novamente mergulhada numa atmosfera urbana. Uma praça cercada de casas, "*rails*"[37] a cruzarem-se, bodegas, armarinhos, um cenário de praça de cidade pequena. O veículo continuou e agora lhe veio pensar para onde marchava aquilo tudo, para que fim, para que destino se encaminhava o resultado de tanto trabalho e de tanta inteligência empregados na criação, na edificação daquela imensa colmeia humana. Pensava, mas não viu nenhum; não quis, porém, o seu espírito acreditar que tudo o que aquilo representava de inteligência, todo o amor acumulado ali, todo o sofrimento que porejava daquelas paredes e se evolava daqueles telhados, não se destinassem a um remate, a um destino superior qualquer.

---

37 Trilhos [N.E.]

Contudo, no instante, a sua meditação se resumiu em sentir a inanidade das nossas criações e teve a imensa visão do inútil dos nossos esforços para o bem e para o mal.

O bonde galgava a montanha relinchando longamente, traindo o esforço que fazia, e aproximava-se da residência do dr. Macieira Galvão, governador eleito do Estado das Palmeiras. Dentro de dias, ele e a família embarcariam para lá e D. Edgarda vinha fazer a visita de despedidas, na expectativa de não poder ir ao embarque.

Macieira tinha nas Palmeiras a posição que seu pai tinha em Sepotuba e admirava-se que a sua família consentisse naquela partida, em vésperas de grandes acontecimentos políticos. Bentes já declarara pelos jornais que era candidato, deixando até o ministério. Xisto, o outro ministro que era candidato oficial, resignara a candidatura; e, pelo que diziam, tratava de aderir a Bentes, como estava fazendo toda a gente, oposicionistas e governistas. Não julgava de bom alvitre Macieira abandonar o Centro e deixar que Bentes fosse cercado pelos seus adversários. Não lhe diria nada. Que tinha com isso? Seu pai já devia ter tomado as precauções necessárias e era o bastante. Quanto ao marido, ela estava sossegada, pois o seu pai saberia escorá-lo. O terremoto não chegaria a abalá-lo; e ele, até ali tão assustado, vivia tranquilo e sem medo algum. Ainda agora, pouco antes de sair, tivera ocasião de verificar. Vestia-se quando ouviu que a chamavam:

— Edgarda! Edgarda!

Compôs-se um pouco, escondeu entre as rendas da camisa as suas firmes espáduas, e foi ver o marido no aposento ao lado.

— Como é que se diz, Edgarda. É *talwég* ou *tálweg*?

Disse-lhe, e Numa continuou tranquilamente a estudar o discurso que devia pronunciar brevemente. A mulher ainda se demorou um pouco a ouvi-lo, a apreciar o seu minucioso estudo da peça, que ele recitava quase de cor, com a sua voz, às vezes áspera, mas volumosa, articulando nitidamente as palavras.

O bonde avizinhou-se mais: Edgarda saltou e desceu uma rua transversal que escorregava suavemente pelas abas do morro. Metros após descansava a sua longa mão enluvada no botão da campainha que brilhava, no portão de um amplo "chalet" risonho.

A casa toda era cercada pelo jardim e a varanda ao lado desaparecia sob um dossel de trepadeiras. A mulher de Numa ficou à espera um instante. Antes que o criado lhe viesse atender, uma outra pessoa, um rapaz bem apessoado, bigodes encerados, surgiu à varanda a modos de quem ia sair.

— Por aqui, D. Edgarda?

Desceu a pequena escada e veio abrir o portão que dava para a rua. A visita pôde responder.

— É verdade, venho despedir-me... D. Celeste não está, doutor Felicianinho?

O moço, sempre sorrindo, afirmou que estava e levou-a até o interior da casa. Ainda não era doutor, mas estava no fim do curso. Sabia-se mal a origem da grande proteção que gozava aquele rapaz da família de Macieira. Vindo do interior, a estudar no Rio qualquer coisa, aí pelo segundo ano de engenharia, começara a frequentar a casa e dentro de seis meses nela se instalara completamente. Recebia da família tudo que necessitava: roupa, livros, dinheiro e corria que isso obtivera devido à paixão que inspirara à velha D. Alice, mãe de Macieira Galvão, de quem se fizera amante.

Ao encontrá-lo no portão, Edgarda pôs-se por instantes a imaginar como aquele moço de vinte e poucos anos, tão elegante, quase bonito, podia viver com uma velha de quase setenta, uma ruína, inteiramente escorada por postiços e ingredientes.

Via-o já formado, colocado, casado, subindo e compreendeu então a natureza de seu amor e a razão de sua complacência.

Não era a primeira vez que ali vinha; e, da sala em que estava, conhecia bem as alfaias e móveis. Tudo era caro, senão de bom gosto; mas, da forma que estavam arrumados, não tinham nada de inteligente ou artístico. Resumia-se de tudo uma exibição de riqueza, uma necessidade de provar fortuna, mas nunca um sentimento superior de luxo, de arte, de conforto ou gosto.

Não custou em vir ao encontro da amiga, D. Celeste. Entrou com aquela sua bonacheirice roceira, risonha, contente e foi toda aberta em alegria que falou à amiga. Havia cerca de vinte anos que passava pelas altas camadas, que a comprimia o código de várias cerimônias de sociedade, mas guardava intactas todas as qualidades e defeitos de sua educação de fazenda. De gostos elementares sem compreensão para as altas coisas, com fraca energia de sentidos, D. Celeste era virtuosa e casta; tinha, entretanto, as ridículas arrogâncias de nossa nobreza campestre — uma dureza e um certo desdém em tratar os inferiores, um sentimento de propriedade sobre eles e um cortejo atroz de pequeninos preconceitos e superstições.

Apesar disso, era generosa e caridosa. Sendo assim, à primeira vista era simpática; e quem a analisasse cuidadosamente, a acharia um pouco ridícula, mas sempre simpática. Examinando-a bem, sentia-se perfeitamente tudo o que ela tinha de mau e estreito dentro de si, tudo o que o seu feitio de espírito representava de peso morto na nossa sociedade; por momentos, porém, havia profundas modificações no seu caráter e ela se manifestava em grandes atos de verdadeira grandeza que brotavam da sua exuberância sentimental.

— Eu não esperava você hoje, minha querida Edgarda. Julguei que viesse nas vésperas...

— Desde a semana passada que quis vir, D. Celeste. Quando é o embarque?

— Minha filha, não sei bem... Esses negócios de política andam tão atrapalhados... Macieira está com pouca vontade... Quer ver em que param as modas... Por mim, não tenho grande vontade.

— É grande a capital?

— Qual! É menor que Niterói.

— É Niterói sem o Rio perto, não é?

— O quê? — fez D. Celeste sem compreender. — Quinze dias de viagem! Não há bondes, não há água...

— Compete ao doutor Galvão por isso tudo.

— Qual! Há tempo para isso? A política monopoliza tudo. É um coronel que quer isso, é um deputado que quer aquilo... Há as brigas. Ademais, a renda é pequena, não dá...

— E é saudável?

— Lá isso é; mas não é a cidade que me aborrece. É aquela gente. Que gente!

E fechou a fisionomia cheia de desprezo e desgosto.

— D. Celeste, que tem a senhora com eles?

— Que tenho? Invadem o palácio... Aqui, ao menos a gente está isolada, não precisa estar a toda hora em contato com eles; mas lá, não há outro remédio!

D. Celeste, após uma pausa, refletiu:

— Os deputados e governadores não deviam estar em dependência tão estreita desse povinho, não acha você, Edgarda?

— Creio, mas... Dizem que eles devem ouvir todo o mundo, para bem representar a vontade do povo, por quem são eleitos.

— O povo! Eleitos! Nós é que sabemos como é isso, minha cara Edgarda; nós sabemos disso...

A mulher do senador Macieira riu-se sublinhando a frase; a visita, porém não a acompanhou inteiramente no seu ceticismo pelo nosso aparelho político.

D. Alice, a mãe do senador, vinha entrando, ereta, alta, lembrando ainda o gesto senhorial e distinto, a formosura que devia ter em moça. As massagens não conseguiam disfarçar as rugas da velhice, mas as pinturas davam aos cabelos o vivo negror natural.

Contudo, havia nos olhos alguma coisa de moço; um certo calor, uns fortes reflexos luminosos que aqueciam a sua fisionomia que nevava. Ainda era uma bela velha, cheia de naturalidade, de gestos e encanto de maneiras.

Depois dos cumprimentos, D. Edgarda perguntou à velha D. Alice:

— Então, D. Alice vai também?

— Não, não posso. As viagens fazem-me mal, não posso suportá-las... Ademais o Felicianinho vai formar-se e eu não quero... não quero ir.

A nora atalhou:

— Você não imagina, Edgarda, a ternura que mamãe tem pelo Felicianinho... É Felicianinho aqui, é Felicianinho ali... Nem para Macieira, que é seu filho, nem para mim, nem para o Orestes, que é seu neto, ela tem os mimos que tem para o Felicianinho.

— Ora! Vocês foram felizes; tiveram pai e mãe e fortuna... Ele é órfão e pobre. Não acha que faço bem, Edgarda? Neste mundo, a falta de amor, de carinho, faz mais mal do que a do dinheiro, não é?

— Não há dúvida que sim, mas, às vezes, também estraga — aduziu Edgarda.

— Isso é quando se trata desse amor por aí — fez a velha —, mas o da mãe, nunca é demais.

Quando na rua, a mulher de Numa hesitou em se firmar na natureza do sentimento da velha D. Alice. Às vezes, parecia-lhe um simples amor de mulher; em outras, um grande amor de mãe; mas, afinal, concordou que havia as duas coisas juntas, misturadas de tal forma que não se podia saber qual dos dois sentimentos dominava.

O que mais a impressionou, não foi a certeza a que ela chegou de haver em D. Alice uma curiosa mistura ou combinação daqueles dois sentimentos tão diferentes; o que mais admirou foi a candura e a inocência que a velha revelava falando daquele jeito dos seus sentimentos pelo rapaz.

Sentia-se desculpada, perdoada, não porque o amasse como mulher, mas porque amava também o rapaz como mãe; seguia-lhe os estudos, socorria-o de todo o jeito, trazia-lhe sempre diante dos olhos o futuro e a glória.

D. Edgarda já estava no bonde que parou um pouco adiante para dar entrada a um senhor alto que todos os passageiros cumprimentaram. O senador Carlos Gerpes entrou no veículo com agilidade e desempeno. Olhou com aquele seu fino olhar os circunstantes — olhar sempre para a frente, de quem beira precipícios. Não tardou em dar com Edgarda e veio colocar-se num banco, adiante, de modo que lhe pudesse falar.

— Já sei — disse ele —, que o Numa, hoje ou amanhã falará sobre o orçamento do Exterior... Deve fazê-lo. É moço e convém aparecer... Hoje, a minha atividade está reduzida; mas, na idade dele, não perdia vasa... Foi ao Lírico?

— Ainda não. Numa não tem podido ir... O senhor sabe...

— Deve ir. Que propriedade, que naturalidade! Os papéis de amorosa então ela os faz muito bem... O amor moderno... Não há aquelas imprecações, aqueles estos antigos... Oh! É perfeito!

Quem o visse falar assim e mesmo na tribuna, não suporia que toda a sua educação e instrução se fizera nos comícios, clubes eleitorais e assembleias políticas; e fora neles que aprendera desde as boas maneiras até finanças, desde noções de aritmética até literatura — o bastante para ser uma notabilidade política, com influência e vencendo todos os obstáculos à manutenção de sua situação.

D. Edgarda explicou melhor por que não tinha ido ver a famosa atriz:

— Numa anda muito atrapalhado... Muito trabalho!... Conferência com este e aquele... As coisas andam tão turvas...

— Turvas! Qual turvas, minha senhora!

Sentou-se melhor no banco e continuou com toda a simplicidade:

— A senhora quer saber de uma coisa... Olhe, minha senhora, vou lhe contar uma história antiga, mas que tem muito ensinamento.

— Para a política?

— Para tudo, minha senhora. Para tudo! Quer ouvi-la?

— Pois não, Senador!

— Um negociante voltava de longe, onde fora comerciar e trazia no navio em que estava embarcado toda a sua fortuna. De repente, arma-se uma tempestade; e, diante da ameaça do naufrágio, o negociante promete que se se salvar mandará rezar em todos os altares da primeira igreja que encontrar, missas em ação de graças aos santos respectivos, iluminando a igreja completamente. Feita a promessa a tempestade amainou e é salvo. Chegando em terra, cumpre a promessa. Vai assistir às missas e repara que um canto escuro da sacristia não tinha vela. Chama o sacristão e pergunta por que não acendera o círio ali. O homem responde que ali era o lugar do diabo. "Acenda assim mesmo", ordena o negociante. Foi feita a coisa e ele continuou a sua viagem. No meio do caminho foi roubado pelos salteadores que o deixaram, por muito favor, prosseguir a viagem. Desanimado o pobre seguiu; em meio à jornada, porém, encontrou um cavaleiro que lhe perguntou o nome. Respondeu, e o desconhecido, sabendo que havia sido roubado disse: "Não se incomode, venha comigo." Daí a pouco estava senhor de sua fortuna. O desconhecido indagou: "O senhor sabe quem sou eu?" "Não", retrucou o negociante. "Sou o diabo", disse o outro; e desapareceu. Compreendeu?

— Pois não, Senador — fez a moça entre um sorriso.

— Eu, minha senhora, não deixo nunca um canto sem vela; e creio que Cogominho faz o mesmo.

Gerpes não pôde continuar a expor pitorescamente a sua filosofia política; outro figurão da República veio tomar o bonde ao lado do colega.

— Como vais, Gerpes?

— Como vais, Martinho? Não conheces D. Edgarda?

O novo passageiro pôs o *pince-nez* e olhou a senhora com um frio olhar perscrutador, olhar de médico, de médico de consultório frequentado, e respondeu:

— Não tenho a honra...

— D. Edgarda, esposa do Deputado Numa.

— Ah! Bem!... Já sei que seu marido vai falar.

— É verdade — disse a moça.

— Não convinha alongar o debate — observou Gerpes.

— É... O Bastos quer mostrar que não são só os deputados do Estado dele que o defendem, mas o partido inteiro.

Abriu o *Diário Mercantil* e correu ligeiramente os olhos sobre a folha.

— Leste o artigo do Fuas Bandeira? — perguntou Gerpes.

— Li.

— Definiu-se.

— É um aviso seguro.

Nada mais disse, encolheu-se, pondo-se a ler o jornal que desdobrara. Martinho era uma das culminâncias da política republicana. Não era só a sua fama de talento e a grande reputação de clínico que lhe davam um grande prestígio; concorria também para isso a estranheza de sua vida e dos seus gostos.

Empoleirado em um casarão, vivia luxuosamente isolado, cercado de livros, de curiosidades e de sapos. Tinha uma coleção de batráquios[38] de todas as regiões do globo: sapos gigantes, sapos minúsculos, sapos com chifres, sapos com cauda, até um imenso e desmedido sapo, remanescente de uma idade morta, adquirido por alto preço a um paleontologista americano.

Em matéria de amor, era curioso. Não conquistava, não namorava, não flertava, não amava; comprava. Tal dama assim que desejasse, mandava dizer: dou tanto. Às vezes, era um encontro rápido, um cochicho; em outras, o capricho vinha e o caso se demorava meses.

Tinha em si o enfado de Tibério, mas sem ter a sua grandeza monstruosa. Faltavam- lhe o tempo e o sentimento artístico, para selar seus atos com uma exuberância impudica.

Moço, trabalhara muito; e feio, vivera sempre à parte das mulheres. Chegando à grandeza, à riqueza, vingava-se, tratando a metade da espécie com mais desprezo que os sapos dos seus tanques.

Por vezes, sentia remorso do seu proceder e o arrependimento vinha todo carregado de ingênuas manifestações sentimentais. Foi talvez em uma dessas crises que, quando ministro, o fez determinar que o busto da República, mandado esculpir para o seu gabinete, tivesse a feição de uma das suas amantes mortas.

Gostava da fama de frio, de cético, de cruel, mas o que havia de mais exato era um cansaço, um esgotamento do seu forte sentir por muito tempo sopitado e nunca bem encaminhado.

---

38 Anfíbios da ordem Anura [N.E.]

Edgarda considerou um pouco aqueles dois homens. Martinho lia com a cabeça baixa, pescoço enterrado, jornal quase sobre os joelhos. Gerpes tinha o pescoço em pé e o *pince-nez* à altura dos olhos. Neste a audácia espontânea, naquele, o cálculo laborioso.

A esposa de Numa ainda olhava a cidade que a esperava lá em baixo. O bonde caminhava e agora era o esforço para detê-lo na descida que o fazia guinchar nos trilhos.

O acaso que traçou a cidade parece ter deixado aqui e ali pequenas ruas, travessas, becos, próprios aos amores que não podem ser suspeitados.

Ao lado das ruas principais, ficam o seu sossego e discrição para asilar os amorosos, evitando-lhes grandes rodeios e afastando as suspeitas de quem os vê por elas.

Casas há ainda mais favoráveis aos que amam fora da lei; são as que tem duas ou mais entradas para ruas diferentes. Essas, porém, só são achadas nas ruas centrais, onde o temor de encontrar conhecidos não permite que os apaixonados prudentes as procurem.

Contudo, os mais afoitos e menos cautelosos não as desprezam; e, das ruas centrais, escolhem aquelas mais compridas, as que se alongam até o Campo de Santana, em cujas proximidades, então, armam seus ninhos amorosos.

Esses espécimes de amorosos são os médios, aqueles que dispõem de pequenas fortunas ou razoáveis rendimentos; aqueles, porém, que têm maiores recursos fogem dos caminhos batidos, procuram asilos mais seguros e confortáveis.

Escolhem essas travessas mortas em ruas de pouco movimento e à pouca distância da cidade, e de onde, em dez minutos, possam voltar à rua do Ouvidor.

Há sempre uma velha ou um casal complacente, antigos fâmulos da casa, protegidos da senhora ou do amante, que simulam à vizinhança serem donos da casa e acolhem generosamente o amor clandestino.

A nossa população é bisbilhoteira; os nossos vizinhos estão sempre a saber o que fazemos e nós o que eles fazem, de modo que é preciso precauções de estrategista, planos de peles-vermelhas para despistar a vigilância gratuita dos curiosos e fazer calar as suspeitas de sua bisbilhotice idiota.

Quem visse D. Edgarda, após descer um pequeno trecho da ladeira de Santa Teresa, tomar um bonde do Rocio Pequeno, havia de julgar que ia apanhar condução que a levasse ao Rio Comprido ou à Tijuca, para fazer alguma visita. O seu ar natural, a sua atitude de inteira tranquilidade davam a entender que continuava a cumprir os seus deveres sociais de grande senhora; entretanto, antes que o veículo começasse a trepar a ladeira que existe quase ao fim da velha ruela de Mata-Cavalos, ela saltou muito naturalmente, apanhou a calçada, dobrou esta e aquela rua e entrou com segurança em uma casa modesta, muito pobre de aparência.

Nem preciso era que ela desconfiasse e tomasse precauções, porquanto a rua estava deserta e silenciosa, como de hábito à qualquer hora do dia e da noite. Acresce mais que a casa era conhecida e os seus habitantes sabiam perfeitamente que lá residiam uma velha rapariga e uma filha que viviam de costuras, além do filho que trabalhava, como embarcadiço de um paquete[39].

A sala tinha uma pobre mobília e sobravam utensílios de costura. Havia máquinas, manequins, uma mesa para o corte, figurinos, e a mãe e a filha, uma na máquina e a outra à tesoura, trabalhavam distraídas.

Ambas não tiveram a menor surpresa ao ver Edgarda entrar, parecia que a esperavam e corresponderam com simplicidade ao cumprimento que lhes fez.

A moça costureira franziu um pouco a fisionomia, mas a velha tornou-se logo alegre e foi falar familiarmente com a mulher do deputado. Conhecera-a menina, criara-se na casa do avô, e sempre encontrara na moça uma amiga, uma protetora para os seus tristes dias de viúva pobre.

— Benevenuto já veio, Carola?

— Já, Edgarda. Está lá dentro.

39 Antigo navio de luxo, geralmente movidos a vapor [N.E.]

— Você acabou aquela saia?

— Cortei, mas não sabia se você a queria com pressa mesmo.

A filha, que até ali se mantivera calada, acudiu:

— É aquela "salmon", mamãe?

— É.

— Pode ser provada. A senhora quer?

Não teve tempo de responder, pois a velha lhe perguntava:

— Edgarda, que barulho vai haver?

— Barulho?

— Negócio de política. Não é, Lívia?

— Corre aí… Não sei…

— A candidatura do general?

— Sim. Mas dizem que o "velho" deixa.

— Deixa? Quem disse isso a você?

— Benevenuto.

— Vou falar com ele. Com licença!

Edgarda atravessou o corredor e foi à sala de jantar. A casa era pequena, não tinha mais que duas salas e dois quartos, dando um destes para a sala de jantar. Havia de permeio aos aposentos uma área que iluminava mal, tanto um como o outro quarto. Mas, assim mesmo, a casa bastava para o destino que ela tinha merecido.

O primo já estava no interior, quando Edgarda lá entrou. Ao vê-la, ele se levantou e um instante beijaram-se, sem dizer palavra.

Parentes próximos, conhecidos desde meninos, o amor só brotou neles depois do casamento da prima. Nunca se haviam conhecido bem, nunca se tinham compreendido; e nela, o matrimônio como que lhe deu um outro sentido, uma antena que descobriu no primo o que lhe exigiram a imaginação e a inteligência.

Casada, um pouco das suas ideias de menina e de moça evoluiu; se os desejos de notoriedade do marido não se foram também, é porque neles havia muito de seu amor próprio pessoal e o seu casamento fora determinado por esse mesmo sentimento.

Se o marido não quis em começo corresponder a esses desejos, era, entretanto, bastante plástico para ser modelado por eles; o primo, porém, com uma personalidade mais forte, em que sobravam tantas aptidões, não seria capaz de plasmá-los; e sempre mostrara pelos políticos uma indiferença, senão um desdém superior.

O ambiente familiar, as preocupações do pai, as suas conversas, o modo por que, aqui e ali, se referia a ele, fizeram com que a menina Cogominho concordasse, partilhasse essa forma de ver do pai e mesmo o tornasse incompreensível a seus olhos. Tudo isso afastou-a do primo, e do pai, esse sempre vivera afastado, mas sem ódio nem rancor.

Referia-se o senador ao primo afim com condescendência de pai de filho pródigo. Bom rapaz, dizia ele, mas boêmio e extravagante.

Nada mais dizia a respeito do parente e não parecia incomodar-se muito com as opiniões e ditos que proferia ou citava. Nunca se indignava, nunca o censurava e, se uma frase era mais atrevida, fechava a conversa com um "Ora! Você!" e emendava outro assunto. Certa vez não foi com ele mesmo, mas com um dos deputados, que Benevenuto dissera:

— Essa política é desonesta.

— Desonesta! Por quê?

— Por quê? Porque vocês se propõem a fazer a felicidade do país, coisa de que vocês estão convencidos que não fazem, nem tentam de modo algum fazer.

Essas e outras opiniões chocavam a moça, ameaçavam desmontar ou perturbar o seu sistema de ideias; e Edgarda evitou um pouco o primo, sem odiá-lo, sem aborrecê-lo, mas por temê-lo um pouco.

De volta de Sepotuba, esquecida ou já não tão dominada pelas suas primeiras concepções, acolheu o primo com grande efusão, admirou-o, apagando toda a ponta de diabolismo que encontrava nele e amaram-se sem saber como, sem determinar o começo, ora parecendo amor antigo, ora um recente capricho.

Encontravam-se há quase um ano naquela casa discreta, graças à complacência de uma velha conhecida, quase pessoa da família de sua mãe, que lhe prestava aquele serviço mais por dedicação do que por interesse de outra ordem.

Edgarda tirou o chapéu, foi se desabotoando com o auxílio do amante, tudo muito vagarosamente, com preguiça e sem nenhum ardor; Benevenuto disse-lhe:

— Sabes, Edgarda, que o "velho" vai resignar?

— Não.

— Pois vai, se não resignou já.

— Quem te disse?

— O Inácio Costa... Ele anda sempre informado, vive nos bastidores... ele e o seu primo Salustiano.

— Salustiano? Que tem ele com essas coisas?

Em corpete, colete descansando no toucador, ela sentara-se a uma cadeira, uma perna sobre a outra, e deixara um instante de desabotoar as botinas.

— Que tem?!

— Você é que não adivinhou. Tola — disse ele, beijando-a — ele quer é deslocar teu pai.

— Como?

— É muito simples. Quem dá prestígio a teu pai?

— O partido... Os eleitores...

— Que eleitores! É o governo federal! Que faz Salustiano? Adere a Bentes, desde já; angaria influência; Bentes fica amigo dele; faz-se presidente e transfere o apoio para Salustiano. Admiras que não tenhas visto isto logo!

— Desconfiava, mas...

— Pensavas que Bentes tinha que contar com seu pai?

— Era isso.

— Tinha, não há dúvida; mas não tem. Teria se fosse candidato normal, então trocariam favores; mas Bentes, de qualquer modo, sobe por uma revolução. Dispensa eleição, Congresso, etc. É o que diz o Inácio Costa e é o que se está passando.

A visão daquela insólita queda do pai pareceu-lhe uma desfeita, um insulto; e conquanto ele pudesse prescindir dos proventos do cargo, viu no fato uma humilhação à idade e à respeitabilidade do pai. Tirou uma das botinas e exclamou com raiva:

— É um desaforo!

— Precisa manha, meu amor. O que teu pai deve fazer e os outros também é fingirem grande dedicação a Bentes, fazê-lo prisioneiro, simular admiração pelos seus talentos, e convencê-lo de que é normal a sua ascensão. Mas, para isso devem exagerar, exagerar tudo, o prestígio que têm.

— Como?

— Com telegramas, retratos nos jornais, artigos, manifestações... Queres saber de uma coisa?

— Que é?

— Desde já vocês devem tratar de organizar uma manifestação a teu pai.

— Como?

— Fala ao Lucrécio, ao Inácio Costa...

— Inácio!

— Sim. Ele quer é por o nome em evidência... Fala a eles... Vamos tratar de outra coisa.

A moça já tinha desfeito a sua "*toilette*" quase inteiramente e o seu colo nascia por entre as maravilhosas ondas rendadas da camisa. A preocupação não a deixava.

— Deita-te.

— Mas...

— Não pensa mais nisto. O fim do mundo ainda não chegou.

Ela quis afastar a obsessão, a teimosa ansiedade; mas voltava-lhe à ideia o "tombo" na influência paterna, enchia-se um momento de indignação sobretudo contra o tal Salustiano, um parente seu! Tomaria o lugar do pai? Como havia de olhá-lo? Já não quisera ridicularizar o marido?

— Ah! É verdade! — lembrou-se ela.

— Que é, meu bem?

— Já fizeste aquilo?

— Ora! Não te esqueças…

— Não se fala em outra coisa. Ainda agora, no bonde de Santa Teresa…

— Onde foste?

— À casa de Macieira. Por sinal vi o Felicianinho… Está bonito!

— Casa-te com ele.

— Só quando eu tiver setenta anos.

Riram-se brevemente e Benevenuto perguntou:

— Quem encontraste no bonde?

— O Gerpes e o Martinho, que me falaram em Numa… Já fizeste?

— Edgarda, és muito egoísta!… Ainda não me beijaste e…

— Perdoa, meu bem! Tu sabes… É…

E os dois se beijaram longa e fartamente.

5

Bogoloff vivia ainda na casa de Lucrécio Barba-de-Bode. Esperava este que o seu partido subisse para colocar convenientemente o doutor russo. A sua esperança era cega; tudo marchava para tal desenlace. O velho presidente resignara o poder e o seu substituto subira à presidência hipotecado aos partidários de Bentes. A população não podia compreender aquele desmoronar de castelo de cartas; não entendia que o governo, pelo seu mais poderoso representante, estivesse assim exposto a uma despedida tão ultrajante; não atinava com o motivo por que um dos seus ministros se pusera, de instante para outro, em franca rebeldia contra o presidente; e não atinava por que a explicação não podia ser achada senão com o exame vagaroso dos detalhes.

Com os novos governantes, o pavor do começo transformou-se em uma falsa alegria de encomenda. Os jornais pululavam; nasciam e morriam, com a publicação do retrato do herói; os ágapes, os banquetes eram diariamente anunciados, telegramas e cartas congratulatórias eram publicadas, e memórias e biografias. Pelino Guedes fazia discípulos e eram legião. Todos riam-se, mas riam falso. Um riso de prostitutas numa orgia.

Houve a indústria das manifestações e Lucrécio aproveitou muito com ela, enquanto os seus serviços não eram encaminhados mais eficazmente. Havia necessidade de fazer crer que o povo, que a opinião desejava ardentemente a emissão do Messias nas rédeas do Estado, e o povo faz-se, graças à necessidade, graças à ilusão do Estado e à simplicidade dos esmagados.

Bogoloff pôde ganhar algum dinheiro, escrevendo artigos para jornais de pouca vida; meteu-se aos poucos no torvelinho dos que se agitavam à espera do reino dos céus que Bentes vinha realizar sobre a terra; e o populacho, as crianças e mulheres sobretudo, fossem de que condições fossem, viam a agitação daqueles possessos como mau agouro. Essa gente não quer coisa boa; parece que tem o tinhoso no corpo, diziam.

A mulher de Lucrécio não se cansava de dizer-lhe:

— Toma cuidado, Lucrécio; esse homem não é bom. Olha o que ele fez com o "velho"...

Lucrécio não ouvia a mulher, mas estremecia com a lembrança dela e fazia fugir a má profecia com argumentos tirados dos jornais da situação. O russo não se entusiasmava; vivia e por viver foi que prometeu ir à manifestação que se fazia a Neves Cogominho naquela noite.

Inácio Costa, com quem travara conhecimento, era presidente da comissão e dissera:

— Doutor! Não deixe de ir! Precisamos acabar com os conselheiros, com o hipocrisia deles... A sã política é filha da moral e da razão... Vá! Há bondes especiais.

Ele começava a conhecer as atividades políticas, os seus bastidores, as suas retortas de fantásticas transformações.

Essas presenças, essas atenções, enfim, esse ritual de salamaleques e falsas demonstrações de amizade influem no progresso da vida política. Como havíamos de subir, ou pelo menos de manter a posição conquistada, se não fossemos sempre às missas de sétimo dia dos parentes dos chefes, se não lhe mandássemos cartões nos dias de aniversário, se não estivéssemos presentes aos embarques e desembarques de figurões? Fora daqui as notícias desses atos têm grande repercussão e infinito alcance; e, de resto, às vezes, um bota-fora decidia uma reeleição. Vejam só o que aconteceu com o Batista. Estava nas boas graças do Carneiro; mas, no dia do embarque deste para Pernambuco deixou de ir. Carneiro notou e quando Bandeira quis incluí-lo de novo na chapa opôs-se tenazmente.

Os chefes não admitem independência, nem mesmo aos embarques. Os pequenos presentes mantêm as amizades; mas, na política, não são só os presentes que mantêm as relações; é preciso que os poderosos sintam que gravitamos em torno deles, que nenhum ato íntimo de sua existência nos é estranho, que o nascimento dos filhos, o aniversário de casamento ou formatura se refletem no movimento e como que perturbam a órbita da nossa vida.

Numa, que sabia bem disso tudo, foi alma das muitas manifestações que se realizaram naquela época. Sempre tivera a visão nítida desse feitio da vida política; nunca a vira pelo lado épico ou lírico, e estava no seu elemento. Concebera a existência com o pé no chão e, graças a essa concepção estava seguro na vida, rico pela fortuna da mulher e tratava de segurar-se quanto à parte de deputado.

Desde menino sentira bem que era preciso não perder de vida a submissão aos grandes do dia, adquirir distinções rápidas, formaturas, cargos, títulos, de forma a ir se extremando bem etiquetado, doutor, sócio de qualquer instituto, acadêmico ou coisa que o valha, da massa anônima.

Era preciso ficar bem endossado, ceder sempre às ideias e aos preconceitos atuais.

Esperar por uma distinção puramente pessoal ou individual era tolice! Se o Estado e a Sociedade marcavam meios de notoriedade, de fiança, de capacidade, para que trabalhar em obter outros mais difíceis, quando aqueles estavam à mão e se obtinham com muita submissão e um pouco de tenacidade?

Era preciso dominar e, na sua espessa mediocridade, esse desejo guiava todos os sentimentos e matava outro qualquer capricho mais nobre.

Qual o alcance das manifestações com que os detentores da política contraminavam os ataques dos seus prováveis adversários, naquela hora de muitos enganos. Numa viu claro e organizou a que se fez ao sogro, com tal jeito que ninguém suspeitaria da sua ação preponderante nela. Inácio Costa, aliado de Salustiano, sequioso de aparecer, de fazer gravar o seu nome na memória de Bentes, não trepidou em ir ao encontro das suas tenções; e, sem que o deputado lhe desse a mínima ordem, fez-se presidente da comissão organizadora, obteve os fundos num Ministério complacente e o público indispensável para as aclamações.

A homenagem a Neves Cogominho foi anunciada nas folhas com grande gasto de palavras pomposas. O *Diário Mercantil*, o jornal de Fuas Bandeira, publicou-lhe o retrato num clichê de cerca de uma página, e um artigo de Quitério Barrado mostrava perfeitamente a paridade que havia entre o senador de Sepotuba e o Coronel da Guarda Nacional americana Heatgold, caçador de onças e celebridade do momento. Quitério tinha gostos de Plutarco, mas de Plutarco atual; e procurava sempre estudar a vida dos poderosos em evidência, pondo em paralelo a de outros poderosos também em evidência. Neves nunca havia caçado onças, a não ser nos arredores de Petrópolis, quando tomou parte numa partida venatória[40] do fidalgo Clube do Santo Huberto.

A nobreza da cidade de Piabanha, nobreza bem documentada por um d'Hozier[41] ignorado, resolvera reunir-se para dar pasto ao aristocrático esporte dos seus maiores. É verdade que não tinham coutadas[42], nem tapadas nos seus castelos, mas os fidalgos da serra

40 Em literatura, é uma composição poética em que os personagens são caçadores [N.E.]

41 Referência ao nobre francês Louis Pierre d'Hozier (1685-1767) [N.E.]

42 Diz-se da terra em que é proibido caçar [N.E.]

substituíram-nas por um capoeirão[43] de carvoeiro dos arredores. Não houve cão vagabundo, ou mesmo *poodles*, que não fossem convenientemente amordaçados e a "*meute*"[44]. Cavalos, fidalga, fidalgos paramentados com lanças, e mais um trem de caça grossa partiam a montear javalis, lobos, onças e outras feras daqui e da Europa. Obedecidas todas as regras, coube a Neves Cogominho abater o javali ou o que fosse; e, fincando as esporas, foi esperá-lo na trilha que as trombetas dos monteiros indicavam como sendo da passagem do animal enfurecido. Atirou, desmontou para dar-lhe o tiro da graça; e descobriu então que havia se antecipado e matado um bezerro complacente, que uma mascara adrede[45] transformara em onça.

Há nas antigas crônicas de caça narrativas da intromissão de gênios perversos para operar tão estranhas transformações; mas, daquela vez, não foram eles e sim a cautela e a prudência dos organizadores da partida para atender à falta absoluta da onça adequada.

Essa proeza de Neves foi notada e ele não a quis repetir para que não houvesse o desencanto. Cogominho era homem sério, cheio de responsabilidades do seu cargo, silencioso, olhava com doçura e segurança, e não lhe parecia bem arriscar-se assim aos dentes das feras — ele que esperava ocupar a presidência para a felicidade do país.

De resto, ganhara corpo, o ventre lhe crescera e junte-se tudo isso ao masolucos[46], para se ver como ele era impróprio para montar a cavalo e repetir aquela "proeza cinegética[47]".

Quitério, que tivera notícias dela, não a esquecera no seu artigo e foi a paridade encontrada por ele muito gabada pelos entendidos em psicologia, filosofia, semântica e escrituração por partidas dobradas.

---

43 Neste contexto, refere-se à mata que se corta ou é derrubada para obter madeira [N.E.]

44 Tropa de cães treinados para caçar [N.E.]

45 Mesmo que "colocada de propósito" [N.E.]

46 Mesmo que *pince-nez* [N.E.]

47 Mesmo que "arte da caça" [N.E.]

O palacete do senador, inteiramente aberto e iluminado, fulgia no fundo do longo jardim. Perdidos na massa escura dos canteiros, glóbulos elétricos multicores brilhavam amortecidos, abafados.

As pessoas mais chegadas, os chefes políticos e os seus subordinados, os admiradores e os últimos amigos já lá estavam esperando a manifestação.

Erravam pelas salas da casa os nomes mais em evidência na política nacional e seus correligionários. Até o Clodoveu Rodrigues, que se julgava um futuro oposicionista, lá estava. Era curioso esse Clodoveu, no físico e no moral. Muito alto e esguio, tinha um semblante triste e pensativo. O seu longo nariz de corte aquilino não fazia lembrar uma águia, mas uma cegonha, em postura meditativa de estampa, à qual houvessem cortado uma grande porção do bico.

Rico, talvez, solteiro, cheio de dourados e posições, de adornos e paramentos, temia as aventuras amorosas do seu mundo. Fosse por timidez natural ou medo do comprometimento, o certo é que não se murmurava nada a respeito de sua atividade sentimental. Ia à Citéria[48] cautelosamente...

Na sua concentrada tristeza, havia algum mistério de coração, que não tomava a proporção de um cínico desafio às convenções e aos preceitos, porque o deputado abafava o homem.

A presença de Clodoveu ali causava certa surpresa, pois as suas ligações com o presidente descaído obrigavam-no a ficar na oposição; no entanto, ele passeava de uma sala para outra, lentamente, fleumaticamente, pachorrentamente.

Lá estava também o J. F. Brochado, um curioso tipo de político, como quase todos os da sua raça, seco d'alma, mas, como pouco deles, agitado a fazer praça de honesto, tendo sempre uma cauda de bajuladores, aos quais, nos seus momentos de poder, fazia, indiferentemente contínuos e juizes, deputados e escriturários, engenheiros e carimbadores, conforme fosse o momento, a ocasião, a vaga, sem atender a saber ou o que quer que fosse.

48 Explorava a beleza feminina com discrição, secretamente [N.E.]

Seguia-o sempre o seu amado secretário, uma múmia peruana, untada de pinturas e a enxergar por uns óculos negros, sombra que não o deixava um único instante. Era poeta de modinhas e orador hilariante.

Havia também o Carlos Salvaterra, senador, homem lido e inteligente, mas escravo da política e escondendo em caprichos de "*toquê*"[49] a escravatura que pesava na sua consciência.

Seria difícil não encontrar ali Fuas Bandeiras. Ele lá estava com sua careca lustrosa e o seu ar atrevido de pirata argelino, a sugar o seu indefectível charuto. Ele era curto e atarracado como, em geral, os caprinos portugueses.

Alem destes, também lá se encontravam o General César Japuí, um crente do nosso misticismo militar, convencido de que a sua qualidade de general, unicamente ela, dava-lhe capacidades superiores de governo e administrador; o Sarmento Heltz, fino e cauto, que todos naquele meio julgavam precioso e raro como uma raposa polar; o gordo Pieterzoon, o deputado Costale, mais conhecido por Xandu, que andava sempre à cata do emprego de ministro; o general Forfaible, o senador Macieira e outros mais. Muitos tenentes.

Numa providenciava; e Quitério, o autor do epinício do *Diário*, não parava em grupo algum. Desenterrava o pescoço da caixa óssea, e partia deste para aquele, dizendo aqui isto, ali aquilo, saltitando, como um tico-tico à cata de migalhas.

Souza conversava com Numa. Este Souza tinha uma reputação suspeita. Diziam que o seu ofício consistia em evitar que os nossos jupiterzinhos políticos tivessem o trabalho de se transformar em cisnes, em chuva de ouro, como o do Olimpo grego. Entrava, porém, em toda a parte, nas principais salas e era ele agora que conversava com Numa, informando-o quem era aquela interessante pessoa.

— Não conheces? É um rapaz de muito talento…

— Esses talentos…

---

49 Do francês, mesmo que "louco" ou "loucura" [N.E.]

Numa não gostava dos talentos, não os invejava; não gostava mesmo, achava-os prejudiciais à vida, fracos para obter a mínima coisa, orgulhosos e exigentes e, como que a perturbar a existência dos felizes, com a atenção que se devia a eles.

— Não gosta dos talentos? — perguntou Souza, que tratava assim, intimamente, a maioria dos políticos.

—São muito pretensiosos, não se submetem a ninguém e não amam ninguém.

— Quem ama alguém?... Aquele que estás vendo sempre disposto a submeter-se. Muda de donos, mas se submete... — observou o deputado Barbosa, que se aproximava.

Numa não insistiu com o colega de bancada. Ele o sabia mordaz na familiaridade, fácil em aguçadas ironias e encarniçado no cinismo resignado. Fora eleito porque, tendo publicado um trabalho histórico de valor, Neves quisera mostrar que a sua oligarquia sabia aproveitar os talentos humildes. Era líder da bancada, em que havia um tio de Cogominho, um cunhado, ele, Numa, genro, e outros que não eram propriamente parentes. Barbosa, eleito, julgou que o melhor meio de manter a posição era apagar-se completamente e assim o fez.

Numa afastou-se e procurou outras rodas.

A manifestação não chegava e aquela gente fina ansiava pela sua chegada e a sua dissolução, para que ficassem à vontade, longe da presença daqueles vagabundos que deviam compô-la.

Quando Numa se aproximou de Xandu, esse dizia a Bogoloff:

— Meu caro doutor, se eu for ministro, creia que hei de aproveitá-lo convenientemente. A República precisa de sangue novo. Veja só os Estados Unidos... Não acha, dr. Numa.

— Perfeitamente.

Costale, o Xandu — como era conhecido entre os políticos — julgava-se ianque e isto por dois motivos: por falar muito depressa e usar o bigode raspado, moda que pode ser romana ou napoleônica.

Desde muito que o casarão do velho Gomes não era aberto assim de par em par e não recebia tanta gente. Neves sempre fora parco em recepções e não gostava das grandes, em que uma multidão se move em suas salas, quase sempre de desconhecidos. Sua tia, D. Romana, gostava desse aspecto da vida familiar e tinha a simplicidade roceira de receber quem quer que fosse prazeirosamente.

A sua velhice adiantada, porém, fizera espaçar aos poucos os grandes bailes do poderoso político; ficaram raros, até mesmo quase suprimidos depois do casamento de Numa.

A velha D. Romana, com a volta naquele dia, do esplendor da antiga morada, remoçou, tornou-se ativa e não cessava de ir de uma sala para outra, perscrutando os desejos dos convidados. A neta conversava com algumas amigas, sem deixar o lugar que ocupara logo em começo. Procurava entorpecer a impaciência com que esperava a chegada dos manifestantes, mas D. Celeste adivinhara-a e observou:

— É mesmo uma maçada, minha filha. A política... Que coisa! Você deve ter gasto muito!

— Alguma coisa!

— Eu é que não queria receber dessas manifestações, dão no bolso! Todo mundo quer ser político. É porque não sabem quanto custa.

Mme. Costale, esposa do Xandu, aventou por aí:

— Tudo é assim, D. Celeste: visto de fora é muito fácil, mas cá do lado de dentro é que são elas... Xandu, só em "facadas" gastou o ano passado um terço do subsídio... Pensam que os políticos ganham muito, mas é um engano.

— Ganham alguma coisa — disse D. Celeste — mas gastam muito. E as manifestações?

— Cada profissão — disse Mme. Forfaible —, tem os seus espinhos e não são só os políticos que ganham pouco. Meu marido...

— Sim — disse Mme. Costable. — Seu marido não tem que lidar com tanta gente.

— É o que me aborrece! — disse D. Celeste. — Que caras! Não sou nenhuma rainha, mas suportar gente tão mal vestida... Qual! É demais!

— Edgarda — disse Mme. Forfaible. — É que não se aborrece.

— Eu — acudiu a mulher de Numa —, não os aborreço, nem os estimo; suporto-os e os acho necessários.

— Pois olha, Edgarda — fez a esposa de Xandu —, se eu pudesse…

— Que é que fazia? — perguntou Mme. Forfaible.

— Mandava tudo para o Acre.

— E quem elegeria o seu marido? — indagou, sorrindo, Edgarda.

— Quem?

— Isso não é preciso — disse Mme. Forfaible. — Deviam ser nomeados. Os generais não são?

— Mas os generais — refletiu Edgarda —, não são representantes da Nação.

— Você diz isso porque não é casada com um general… Quem vai para a guerra? O que é mais difícil: falar na Câmara ou ir para a guerra? O Manoel tem mais serviços que muitos, entretanto ainda não foi para o Supremo. É verdade! Quem ficará na guerra, Edgarda?

— Não sei. Por ora…

— Eu sei; o Chaves ficou provisoriamente. Mas quem vai? D. Celeste sabe?

— Não sei. Quem vai para o Ministério é cá o marido da minha amiguinha… — disse D. Celeste, apontando o leque para Mme. Costale.

— Ora! — fez ela com um riso chocho. — Dizem isto há tanto tempo.

— Agora vai — confirmou Edgarda.

— Você é bem feliz — disse Mme. Forfaible. — Meu marido é que não arranja nada. Não tem sorte.

Com a resignação do presidente, houve grande mudança nos altos cargos políticos; essa mudança, porém, não se deu imediatamente. O substituto, temendo não satisfazer todos os seus amigos, insistira para que os antigos detentores ficassem. Poucos aceitaram — e assim, mesmo interinamente — para não criar tropeços ao novo governo. Davam-se vagas e era uma dificuldade preenchê-las. Acontecia que nem sempre o candidato de Bastos era de Bentes; e, às vezes, o de Bastos era inimigo de Bentes e o de Bentes era inimigo de Bastos, coisa vulgar. Um único obteve a concomitância dos dois poderosos padrinhos, fora Xandu, que estava à espera do antigo deixar a pasta para ocupá-la. Quanto à de chefe da polícia, o novo executivo reservara a nomeação para si. Escolheu entre os seus amigos um velho compadre roceiro, arruinado, que precisava dos proventos do cargo para resgatar hipotecas. Era o dr. José Dias Chaveco, mais conhecido por Juca Chaveco que, naquele instante, expunha a Bogoloff as suas doutrinas policiais.

— *Quá* retrato, *doutô*! *Quá* nada! Se *arguém* viu, o *marvado* pode *sê* preso, mas se não viu, *quá*! só se outro *vié contá.*

Bogoloff tinha há pouco tempo entrado no convívio daqueles homens todos; mas era tal a sua flexibilidade, a sua maleabilidade de espírito, que lhes inspirava confiança, merecia- lhes consideração e ele, em troca, os tratava com um digno respeito.

A Chaveco, havia-lhe falado em processos modernos de investigação, mas o chefe da polícia tinha a respeito ideias simples de delegado da roça. Deixou-o e foi ter ao grupo em que falava Neves Cogominho. No momento, a conversa era conduzida por Macieira Galvão. Tinha andado este deveras atrapalhado com a posição que devia tomar na política; tendo querido que o presidente, por um dos seus ministros, demitisse um funcionário e nomeasse um seu parente, não fora satisfeito e pensou em declarar-se oposição; mas não o fizera francamente, mandando que um dos seus deputados o fizesse. O seu jogo fora pressentido e denunciado. Para disfarçar o insucesso, resolveu afastar-se, fazendo-se eleger governador de Palmeiras.

— Eu bem vi — dizia ele — que o "velho" não ia... não nos queria atender. Foi isso que se viu.

Fuas Bandeira confirmou:

— Era de uma teimosia de criança... Vejam só este caso da Estrada de Mato Grosso... Não prejudicou as finanças?

Numa acrescentou:

— Ele se havia fossilizado nos processos imperiais da política. Há necessidade de vistas novas.

Fuas ia perguntar, com jeito, alguma coisa sobre as tais vistas novas na política, quando Pieterzoon veio interrompê-los. Bandeira era inculto e a sua leitura ia pouco além dos jornais; mas diariamente saudava este ou aquele mais ilustrado e calcava seus imponentes artigos nas opiniões deles, falando de Darwin, de finanças e economia política e outras coisas de que nada sabia. Ele, como toda a gente, julgava Numa ilustrado e estudioso e estava disposto a surripiar-lhe algumas opiniões sobre a nova política, quando o deputado Pieterzonn cortou-lhe as vazas, perguntando ao colega:

— Numa, você ainda não disse nada sobre o caso do Espírito Santo?

— Não é preciso.

— Como não é preciso? — fez Fuas. — Vejam só o ataque do Salomão. É preciso tirar-lhe os dentes.

— Frases! Frases! — disse *hamleticamente* Xandu.

— Não penso assim — considerou Macieira. — Não se deve desprezar os ataques dessa maneira. Fazem eco e somos prejudicados.

Neves Cogominho também era do mesmo parecer, mas Xandu observou categoricamente:

— Prefiro a ação às palavras.

Pieterzoon contradisse risonho:

— Mas caro Xandu, a nossa ação são as palavras.

— Por isso estou deslocado.

— Mas não está Numa, que falará. Não acha útil, dr. Cogominho?

— Com toda a certeza, apesar dos horizontes se esclarecerem.

A conversa ainda demorou algum tempo até que se ouviram os primeiros compassos da banda militar que puxava a manifestação. Senhoras e cavalheiros vieram colocar-se na sala principal; alguns nos vãos das janelas, outros nas portas de comunicação; e Neves ficou em um dos ângulos da sala, ao centro de um grupo de senhoras e cavalheiros. O seu corpo alentado e a sua aura dominavam tudo; e ele punha as mãos sobre o ventre, esperando pacientemente. Ao lado direito tinha a filha e o genro; à esquerda Mme. Forfaible, cor de cera, alta, modelada em "grande tênue", com o olhar de batalha que o marido não tinha. Mme. Celeste Galvão ficara atrás com medo dos manifestantes e pudera dizer à velha D. Romana, quando foi tomar lugar à esquerda do sobrinho:

— Amanhã é que são elas! Copos furtados, bibelôs, jardins estragados... Qual! Esta política!

Os admiradores de Cogominho penetraram no jardim:

— Viva! Viva o senador Cogominho! Viva!

E a banda a todo pulmão, repenicava um dobrado entusiástico e cadenciado; as lanternas venezianas, nas pontas das canas, dançavam; e tudo parecia uma longa cobra fosforescente e musical que rastejava para o palacete. "Viva o senador Cogominho! Viva! Viva o general Bentes!..." A multidão vinha premida na estreita alameda principal do jardim; as lanternas venezianas dançavam na ponta das canas... "Viva o senador Cogominho! Viva! Viva o senador Bastos! Viva! Viva!" Queimavam fogos de bengala... "Viva! Viva!"

A cabeça sonora atingia a escada de pedra, afastou-se a música para o lado; cindiu-se do corpo, que coleando, subiu até o salão de recepção.

Inácio Costa, suando, lenço ao pescoço, fungando a sua teimosa coriza, vinha à frente, berrando, agitando o chapéu, bem junto de Canto Ribeiro, celebridade dos "*meetings*" e manifestações, tipo da cidade, renitente orador, cuja oratória consistia em berrar as mais gastas chapas do *Orador Popular*. Era também empreiteiro de manifestações, e, como todo o empreiteiro que se preza, tinha o seu pessoal adestrado. Além de um núcleo forte de bravos, possuía a seu serviço moços limpos; estudantes, pequenos empregados, aspirantes a empregos — gente iludida com promessas de lugares e promoções.

Havia em Canto Ribeiro um pouco de especulação e muita sinceridade. Supondo-se orador, julgava-se com um alto destino político e não pelejava ser orador de praças públicas, para abrir caminho até aos altos cargos políticos.

A sua oratória era feita de berros, de mugidos e rugidos; e, além de qualquer apuro literário, faltava-lhe também uma voz musical, numerosa, com inflexões.

Barba-de-Bode tratou de colocar os admiradores do melhor modo. A sala era vasta, mas não pôde conter todos os manifestantes. Uma grande parte ficou pela escada e pelo jardim.

Havia ali de toda a gente: pobres homens desempregados, que vinham até ali ganhar uma esmola; vagabundos notáveis, entusiastas ingênuos, curiosos e agradecidos; todas as cores. Os vestuários eram os mais engraçados e inesperados. Havia um preto com uma sobrecasaca cor de vinho, calçado com uma bota preta e outra amarela; um rapaz louro, com umas calças bicolor, uma perna preta e outra cinzenta; fraques antediluvianos, calcas de cáqui, blusas, dólmãs, coletes sarapintados.

Vendo essa gente miserável, degradada física e moralmente, tão contentes com a política, parecia que ela não tinha por fim fazer os povos felizes…

Os admiradores comprimiram-se, os móveis foram afastados e Canto Ribeiro começou a falar. Durante vinte minutos, expectorou as mais sórdidas banalidades sobre a república e a pátria.

Elas tiveram, porém, o grande e esperado efeito de comover Cogominho, Numa, as senhoras e provocar a inveja de Quitério, que devorou o orador com seu olhar miúdo. Havia- lhe no olhar também admiração pela torrente de banalidades que Canto repetia e adivinhava- se que Quitério dizia de si para si: Ah! Meu Deus! Como ele fala bem!

Inácio Costa tomou a palavra, e, em nome da comissão organizadora, disse:

— Minhas senhoras, meus senhores. O digno senador Neves Cogominho tira da civilização contemporânea a dedução do estado político que mais lhe convém para a sociedade. Segue nesse ponto desprezando a metafísica de Platão e o teologismo de Maistre, um sistema assemelhado ao de Rousseau.

Houve alguns pigarros indiscretos na sala, mas Inácio continuou impavidamente, chegando a este curioso trecho:

— Sua individualidade una e perfeita não tem limites "extremos", destes que estes terminam, em relação a um aspecto, onde começam quanto a um outro.

Uma moça bocejou no silêncio profundo da sala; e Costa, mais seguro de si, continuou:

— E, na grandeza incomensurável da promiscuidade de suas feições, sentindo a visão mística das coisas, apostolando uma fé inabalável na República, Neves Cogominho aparece com a auréola de O MAIS DIGNO.

Canto Ribeiro berrou fortemente:

— Apoiado!

Inácio Costa continuou com entusiasmo:

— O sábio estadista que aí vedes vai sempre ao encontro da equação política do momento.

Depois desta manifestação do seu saber matemático, o futuro chefe da seção precipitou o seu discurso, rematou-o, dizendo:

— Nas ligeiras palavras que disse, procurei esboçar o retrato deste homem, não de perfil nem de frente; mas, como Pelino Guedes[50], em obra conhecida, de fronte voltada para o céu, tentei retratar esse gigante político, que traduz perfeitamente a ação de um passado que se afirma no presente, como refletirá sobre o futuro, quando o historiador tiver que tratar de todo esse período da nossa vida republicana. Saudemo-lo, senhores! Ele é O MAIS DIGNO!

Houve palmas, vivas e Numa abraçou-o, dizendo-lhe ao ouvido:

— Estiveste muito filosófico.

Foram oferecidos em seguida mimos, e Clódia, filha do dr. Henocanti, ofertou um ramo de flores, com doces e capitosas palavras.

Quitério tirou a cabeça de dentro do tórax e ficou estático diante da sedosa alvura da moça, da sua elegância, do seu langor, da sua atração fortemente sensual.

---

50 Referência ao poeta Pelino Guedes (1858-1919) [N.E.]

— Quem é?

Não lhe responderam; Neves Cogominho falou com grande simplicidade, não sem comoção e, por fim, entusiasmado com o entusiasmo dos outros, agradeceu a homenagem com períodos repassados de sentimento.

Aos circunstantes foram oferecidos "chopps" e servidos em uma sala interior. Quase houve briga, quase houve bofetadas. As mãos passavam por cima das cabeças, por entre os corpos, por debaixo dos braços de outrem; e os copeiros não sabiam como servir toda aquela gente sedenta.

Canto Ribeiro e Inácio Costa, vendo que a coisa podia degenerar em conflito, pois já havia uma disputa em um canto, gritaram:

— Vamos, rapazes! Os bondes vão partir!

Foram-se e, na sala, encostado ao balcão improvisado de "buffet", ficou unicamente Barba-de-Bode. Encostou-se e disse com gloriosa satisfação:

— Sim, agora posso beber. Não sou desses "avançadores" que só vêm às festas para beber.

Em seguida, voltou-se para o copeiro e fez familiarmente:

— Ó amigo! Dá-me uma "joça" dessas!

Sorveu o copo quase inteiramente de um trago, e foi cheio de loquacidade que pronunciou:

— Vocês sabem, eu cá sou de casa. Não preciso de manifestações para entrar... O homem é meu amigo... Todos esses tipos são engrossadores.

Bebeu o resto que estava no copo, e pediu:

— Mais um "chopp".

E continuou loquaz e jovial, jovialidade e loquacidade a que não era estranho o álcool que já bebera durante o dia todo. Continuou:

— Eu cá sou amigo... Não sou um dia de um, um dia de outro. Mais um "chopp"!

Bebeu e emendou:

— Vocês viram o que se deu com o dr. Macieira... Ele está aí e não me deixa mentir... Quando o "velho" lhe andava fazendo gracejos, quem é que o procurava? Um ou outro. Eu cá não, sempre estive a seu lado. Mais um "chopp".

Os copeiros serviram e ele aduziu sentenciosamente:

— Esses homens são adulados, quando estão por cima; mas, logo que rosna qualquer coisa, fogem. É isto. Vamos beber!

Falando e bebendo, Lucrécio sorveu bem uma dezena de copos de cerveja; mas, quando ia ultrapassá-los, passou pela sala o dr. Macieira. Barba-de-Bode correu-lhe ao encontro:

— V. Exa. dá licença?

— Que é que você quer, homem? Já bebeste como o diabo, hein?

— Alguma coisa. Queria agora beber à saúde de V. Exa.

— Deixa isso para mais tarde. Agora…

Lucrécio deitou sobre o poderoso político um súplice olhar de desgosto e Macieira não achou mau dar uma demonstração de tolerante bondade pelos humildes. Disse com bonomia:

— Bem! Vá lá!

— Sr. senador Macieira — começou Lucrécio. — Neste momento solene…

E parou como se buscasse palavras, termos, imagens. Esteve um instante calado, com a boca fortemente fechada: houve um imperceptível movimento nos músculos da garganta, movimento de quem tenta engolir alguma coisa. Por esse tempo, começaram a vir da sala convivas, damas e cavalheiros, curiosos em conhecer da eloquência de Lucrécio.

Ao ver tanta gente à sua roda, animou-se e continuou:

— Sr. Senador…

Mas não pôde acabar. Veio-lhe um forte vômito e, antes que pudesse correr à janela, despejou-o ali mesmo, borrifando o peitilho do famoso senador e a barra das saias daquelas grandes damas. Lançou, lançou tudo o que tinha no estômago.

O triste final do discurso causou hilaridade, mas houve quem se indignasse. Entre estas pessoas quem mais se indignou foi o dr. Chaveco. Logo que soube, correu à sala do "buffet".

— *Tá bebo… Chama aí um poliça… Mete ele no xadrex.*

Houve um grande esforço por parte dos presentes para que não fizesse prender o Lucrécio.

— *Mas sô chefe! O homem bebe... que faço então?*

Neves Cogominho, Macieira, Numa, Souza, Pieterzoon, Costale e todas as senhoras interessaram-se, conseguindo dissuadi-lo de efetuar a diligência. Lucrécio foi levado para um dos quartos dos criados; e o dr. Chaveco, apanhando o chapéu e a bengala, sem castão nem ponteira, despediu-se:

— *Tá bão. Inté manhã*!

Aquele chefe de polícia era bem um chefe de polícia do tempo. Ingênuo e submisso, por necessidade de submissão agradecida, procurava onde aplicar suas terríveis funções.

Queria de qualquer modo mostrar energia e provar ao protetor que estava atento, que velava pela sua segurança e respeitabilidade.

As visitas tinham voltado à sala de visitas; e, na sala do "buffet", a um canto, ficaram ainda a tia de Cogominho e algumas outras senhoras. O dr. Chaveco entrou de novo, batendo com a bengala no assoalho, ao jeito do banho de um pastor bíblico:

— D. Romana — disse ele. — me esqueceu uma coisa...

— Que foi, doutor?

— *A modo* que não levei uns *rebuçado pros* meninos.

— Pois não, doutor.

— *Tem artéa, siá Dona?* O Juca *tá cum tosse.*

— Não, doutor. Quer de amendoim?

— Serve, dona.

Sentou-se a uma cadeira, enquanto a velha senhora tratava de preparar o embrulho de balas. Bogoloff, que viera tomar um copo de cerveja, acercou-se do chefe e indagou, ao vê-lo com chapéu e bengala:

— Já vai, doutor?

— Já moço; *Drumo c'os* pintos. É *mais bom pra* saúde.

— Mas, no seu cargo, nem sempre é possível, doutor.

— *Quá,* moço! Tenho os *auxiliá que faz minha vez.*

Chaveco consertou melhor o busto e indagou convictamente:

— *Cádê* o malandro?

— Que malandro, doutor? — fez Bogoloff.

— Aquele que *se embriagou-se*.

— Não é malandro, doutor. É amigo da casa. Um rapaz generoso...

— Como se chama?

— Lucrécio.

— De quê?

— Barba-de-Bode.

Riu-se gostosamente e disse com toda a sua simplicidade roceira:

— Bem posto... O cabra tem mesmo barba de bode!

D. Romana voltou com o embrulho; Chaveco agradeceu, levantou-se, despediu-se e disse para Bogoloff:

— *Qué i cô nós,* moço? Não paga nada. *Intomove tá* na porta.

O dr. Bogoloff não podia deixar de aceitar o convite. Lançara-se nas altas camadas, esperava tirar dela os melhores proveitos, e o momento era oportuno para estreitar os laços com aquela alta autoridade que tão obsequiosa se mostrava.

— Aceito, doutor.

— *Bamo*.

Juntos atravessaram as salas e, pouco depois, estavam na rua, onde um luxuoso automóvel esperava entre a fila de muitos outros. Sem esperar que o ajudante abrisse a portinhola, Chaveco a foi abrindo e convidou:

— *Trepe moço!*

Logo que o russo entrou e o chefe também, o motorista perguntou-lhe o destino do carro:

— *Pra onde vosmecê qué i, moço?*

O automóvel rodou e os passageiros, depois de bem se colocarem nos assentos puseram-se a conversar. O chefe de polícia perguntou:

— Como é seu nome, moço?

O russo disse-o e o chefe encheu-se de admiração infantil:

— *Ué! gentes!* Que nome! É de santo?

O doutor russo explicou-lhe que era ou podia ser, mas o doutor Chaveco em pequenas risadas, mantinha a sua dúvida.

Afogada no luar, a cidade oferecia um aspecto de paz serena e tranquilidade satisfeita.

Pelas ruas, não havia ninguém e aquelas casas inteiramente fechadas, mudas, tranquilas, enchiam os dois passageiros de uma suave satisfação. Era como se esquecêssemos que, dentro delas havia muita angústia, muito tormento, muita paixão e ódio. Verificando isso, tinha-se vontade de que todos nós, toda a humanidade, viesse a dormir assim, pelos séculos afora…

O doutor Chaveco cochilava na almofada e Bogoloff lembrou-se da terrível polícia russa, contemplando aquele inofensivo chefe, aquele doce homem, simples, em que havia tanto de criança. Como era que naquelas mãos estavam tão terríveis poderes e como era que aquela bondade nativa não se fazia sentir em todas as rodas do mecanismo policial?

Recordou-se também do azedume com que as autoridades policiais o trataram quando aportou ao Rio. Já começavam a desembarcar os passageiros de terceira classe, quando um empregado de bordo veio chamá-lo. Prontamente seguiu-o e achou-se em presença de um homem pomposamente uniformizado, que lhe perguntou:

— Como se chama?

O intérprete que estava a seu lado traduziu e Bogoloff respondeu:

— Gregory Petrovich Bogoloff.

O homem da polícia marítima pediu então que lhe escrevesse o nome no papel. Esteve olhando as letras, e por fim, indagou:

— Qual é a sua profissão?

Com o auxílio do intérprete, Bogoloff pôde responder:

— Sou professor.

O homem pareceu não se conformar com a resposta; olhou demorada e fixamente o imigrante e perguntou de forma abrupta:

— Você não é "cáften"[51]?

---

51 Diz-se dos que exploram a prostituição. Mesmo que *cafetão* [N.E.]

Logo que Bogoloff percebeu o sentido, ficou indignado e disse:

— Por quê?

O homem da polícia replicou muito ingenuamente:

— Estes nomes em "itch", em "off", em "sky", quase todos são de "cáftens". Não falha!

Disse-lhe o russo então que não era, nem nunca tinha sido, mas o homem não acreditou e insistiu:

— Se você não é "cáften", é anarquista.

Houve muito trabalho por parte do recém-chegado para tirar a autoridade da sua singular ideia:

— Estes nomes em "itch", em "off", em "sky", polacos e russos, quando não são "cáftens" são de anarquistas.

Mostrou Bogoloff os documentos; e, afinal, depois de muita hesitação por parte da autoridade pôde pisar a terra onde viera procurar liberdade e sossego, mais que fortuna e felicidade.

O dr. Chaveco continuava a dormir serenamente recostado à almofada do carro. As suas longas barbas tinham uma doçura patriarcal. A sua pele estava queimada do sol e o seu ar era doce, bom e feliz. Era um pastor bíblico em que o luar punha a pátina da eternidade; e esse pastor bíblico tinha nas mãos a segurança, a ordem, a liberdade de uma vasta aglomeração humana de um milhão de almas.

Lembrou-se ainda Bogoloff das dificuldades do seu desembarque... A lembrança se dissipava no tempo; as suas linhas tinham perdido a nitidez... Como estava longe! Olhou o céu. A lua se mostrava por entre os flocos de nuvens que corriam doidas. A cidade dormia tranquila, serena, satisfeita e a vontade dele era de que ela continuasse a dormir assim pelos séculos em afora...

6

Sim… sim… como?… como votar?… entendi… bem… o líder como vota?… questão aberta?… bem… já?… daqui a meia hora… entendi… vou ver… não demoro… respondo já… não me esqueço… sim… sei… bem… já disse… eu sei, Numa! Sei… Até já…

E descansou o fone no gancho durante alguns instantes. Esperou que a ligação se desfizesse e pediu nova:

— Minha senhora… alô… meia dúzia zero quatro leste… sim! Leste… Aguardou um momento e continuou:

— Alô! Alô! Quem fala! … Ah! É você, Benta?… Benevenuto está?… vai chamá-lo ao aparelho… de que casa?… da minha casa… sim… espero…. vai…

Não houve grande demora e Edgarda com o fone ao ouvido, o lado esquerdo voltado para o aparelho, a cabeça meio inclinada, perguntou ternamente:

— É você, Benevenuto?… bem… é você?… já sei… não é para já… hoje?… não posso… não se perde por esperar… não tenho podido... quem está aí?... bem... uma coisa... Numa pergunta como deve votar no projeto de acumulação... diziam que queria... sim, o governo!... agora?... não faz questão... sim... que acha você?... entendi... bem... como? contra?... não... sim... ele quer vetar?... ficar simpático... compreendo... faz passar por portas travessas... sou inteligente... no telefone, só, não, seu "trouxa"!... entendi... faz passar e veta... entendi... fica com a simpatia dos interessados... então? como?... sim... se for nominal, contra; se não for, a favor... magnífico... vou... precisa cuidado... sei... creio... não se cansa... sei...adeus!

Orientada, pediu de novo ligação para a Câmara e pode Edgarda resolver a dificuldade política em que se achava seu marido. A necessidade de provar dedicação ao general Bentes obrigava todos os seus adeptos e admiradores a meditarem muito no levar a efeito o mínimo ato. Disputavam-se no agradecimento do estadista inesperado os políticos de todos os matizes. Os que estavam em cima e não queriam de forma alguma dar o mínimo sinal de que o seu apoio era simulado ou a contragosto; e os que estavam em baixo, apressados em ficar por cima, corriam parelhas com os adversários, dando sempre mais do que eles tinham dado.

Se uns chamavam-no de inteligente, os outros diziam-no gênio; se Numa qualificava-o de grande estadista, Salustiano cochichava em algum lugar e aclamava-o o primeiro estadista do mundo. Não quer dizer que não houvesse quem visse nítido em tudo isso. Além da opinião, havia mesmo na política gente com alguma vergonha que não se entregava a tais excessos de bajulação; porém, os prudentes que estavam no poder e os republicanos puros que sonhavam realizar integralmente o regime, entregavam-se a essa luta para divertimento das arquibancadas e fortificar a convicção de Bentes.

Todas as qualidades que até ali tinham indicado o valor dos homens de Estado foram negadas; e as doutrinas mais absurdas foram espalhadas sobre o governo dos povos. Omar invadia o Egito e mandava queimar a biblioteca de Alexandria; e os escribas que dormiam nas tumbas, puseram a cabeça fora delas e olharam com o seu olhar de esmalte, a desmoralização da arte que tinha feito o seu encanto e os progresso dos homens. Choraram mais ainda, quando lhes afirmaram que eram o demótico[52] e mais caracteres da escrita que fizeram a infelicidade dos povos.

Abaladas as noções mais estáveis, nesse pugilato de bajulação, não sabiam como se conduzir os adeptos do futuro presidente. Ainda não o era efetivamente, mas já todos o consideravam assim e foi graças a seu esforço que Xandu, Raimundo Costale, foi afinal empossado no Ministério do Fomento Nacional.

Xandu era rico e tinha, como todos, a sua vaidade. A dele era julgar-se com o estofo de grande ministro e o seu erro vinha em supor que o seria fecundo em obras, e que espalharia decretos por aí. Pretendia fazer isto e aquilo; apanhava inspiração na boca de parentes, de amigos e punha toda a sua esperança na legislação. Não há dúvida que ela pode influir; ele exagerava, porém, o seu alcance e os seus resultados. Feito ministro, o seu primeiro trabalho foi instalar luxuosamente a sua secretaria e gabinete; cortinados, sanefas, mobílias, bustos, quadros — tudo ele colocou do maior luxo. Em seguida, espalhou o seu retrato e biografia pelos jornais e revistas, especialmente por essas pequenas revistas pouco conhecidas e lidas.

Há de parecer que são sem valor as publicações feitas nelas; entretanto, assim não se dá. Oferecidas gratuitamente, elas correm maior área e chegam onde as grandes publicações não chegam. O que perdem em intensidade, ganham em extensão; e os propagandistas políticos sabem bem disso porque não as desprezam. A fisionomia de Xandu, lavada, simpática, parada, com o seu olhar crédulo por detrás do monóculo, correu meio mundo em clichês de todos os tamanhos, com biografias auxiliares em todas as línguas. S. Exa. fomentava.

Bogoloff soube da nomeação de Xandu por intermédio do seu hospedeiro. Lucrécio ainda não estava colocado, mas tinha, sob o título de agente de polícia extranumerário, uma gratificação mensal

52 Diz-se da escrita no antigo Egito [N.E.]

que lhe dava para ter em dia o aluguel da casa. Parecia que devesse ter obtido colocação melhor; os seus protetores, porém, não julgaram a ocasião propícia e fizeram-no "encostado".

Aí, ele podia com mais liberdade prestar-lhes os seus serviços de popular e, sendo lugar provisório, não lhe viria uma frouxidão inqualificável no seus entusiasmos pelas altas qualidades administrativas deles. Contudo, esperava firmar-se e não havia esquecido de sua promessa a Bogoloff.

Moravam ainda na mesma casa da Cidade Nova e era hábito almoçarem juntos antes que as outras pessoas da família o fizessem. Tendo de onde tirar o dinheiro, o primeiro cuidado de Lucrécio foi por o filho na escola e o pequeno raramente o via nos dias úteis da semana. O serviço do pai não era marcado. Aparecia na polícia e demorava-se por lá, à espera que houvesse um "*meeting*", um discurso subversivo na Câmara, para perturbar as aclamações espontâneas e desinteressadas. A mulher e a irmã continuavam a temer semelhante espécie de emprego; Lucrécio, porém, as sossegava dizendo:

— Minhas filhas, é assim que a gente se arranja. Tudo está nas mãos dos políticos e, sem política, ninguém vai lá. O Candinho não está agente da Prefeitura? Como começou? O Totonho, não foi feito jardineiro-chefe? Ele há de me arranjar.

A fortuna de Totonho seguiu-se a do seu protetor Campelo, o dr. Campelo. Não tendo sido possível dar a este um lugar de deputado, foi feito professor de meteorologia da Escola de Agricultura e diretor das Fundições da Ponta da Areia. Era bacharel em Direito, advogado sem renome, mas dispunha do bando de Totonho, que influía nas eleições da Lapa. Esse bando tinha uma existência duradoura e aliava-se a este ou àquele candidato, por mais ou menos tempo, às vezes desinteressadamente, conforme a fé que tinha na lealdade deles. Nem todos mereciam-lhe essa consideração de candidato. Uma das condições era ser bacharel, advogado, relacionado na política e fora dela, garantindo proteção para casas de jogos, para delegados e para absolvições.

Nas mais das vezes, como acontecia com Campelo, o candidato não podia garantir coisa alguma, sobretudo quanto ao júri. É verdade que muitos são ali prisioneiros políticos deste ou daquele, mas não é tão difícil juntá-los em conselho que essa proteção é mais uma burla com que os candidatos incitam os seus apaniguados a desordens e assassinatos, esperançados com a impunidade.

Totonho era encarregado de várias casas de cômodos e estalagens; e, na pobreza dos seus inquilinos e nas suas necessidades, acumulava eleitores, "fósforos" e desordeiros úteis.

Campelo os juntara desde muito e Totonho punha muita esperança na estrela do doutor. De resto, este era delicado, acessível, apertava a mão de toda a gente, vestia-se bem, supondo-se até bonito; e com tantas qualidades não podia deixar de ir longe.

Foi logo um dos primeiros admiradores de Bentes, organizou banquetes a todos os seus parentes e não houve metáfora mais ou menos de "haras"[53] que ele não empregasse para demonstrar de que modo a hereditariedade pesava na família.

Foi Totonho, por intermédio de Campelo, quem pusera Lucrécio na polícia; e a Bogoloff, com quem almoçava naquela manhã, o novo policial lembrou:

— Doutor, por que não procura o Xandu?

Lucrécio não sentia absolutamente pesada a hospedagem do russo; queria, porém, que a sua educação e instrução tivessem outro âmbito. Respeitava o saber do moscovita e sentia a sua alvura e os seus cabelos louros deslocados ali.

Tinha Bogoloff tenção de fazê-lo mas, ainda muito russo, não supunha que o ministro o atendesse sem mais recomendações. Respondeu com grande convicção que iria. Lucrécio explicou:

— Doutor, não é que o senhor me incomode; mas a época está de aproveitar. Vamos ter uns anos cheios... Uma coisa, doutor?

— Que é?

— O senhor não entende de medicina?

53 No contexto, o trecho é uma forma de atribuir peso ao nome da família [N.E.]

— Não. Por quê?

— Por nada... É que tenho um serviço de medicina para umas eleições.

— Mas... Que tem as eleições com a medicina?

— É um caso.

— Conta lá.

— O fato é o seguinte: o coronel Liberato, lá do Cambuci, tem que vencer umas eleições, mas os "outros" têm mais votos. Ele precisa fazer um estouro e um doutor era bom para socorrer a gente dele. Ele paga.

— Quanto?

— Um conto de réis. Quer ir?

— Não. Não sou médico, mas se fosse, não iria. Não quero essas atrapalhações...

— Qual atrapalhações, doutor! Nossa gente está de cima... Se houver morte, ferimento, o processo fica abafado...

A mulher, que ouvira, falou da cozinha:

— Lucrécio, você não toma juízo. Fala assim de morte, como se fosse Nosso Senhor... Agora piores do que vocês, são esses graúdos que dão costas quentes a vocês...

— Qual, mulher, isto é política, um ajuda o outro. Não acha, doutor?

— É... é... deve ser mesmo política.

— Você vai mesmo atrás da política, que um dia eles te deixam lá na "chácara"[54]... Já disse... Não quero que você meta o Lúcio nessas coisas.

— Você já viu — disse Lucrécio —, eu dar mal conselho ao pequeno? Doutor, na sua terra é assim?

— Bem, assim não é; mas...

— Qual! Todas as terras são iguais.

Seria difícil a Bogoloff explicar ao amigo as diferenças e as semelhanças existentes entre o mecanismo político da Rússia e o do Brasil;

54 Forma usada à época para se referir a cadeia [N.E.]

uma diferença, porém, logo notou naquela procura de um médico para pleitear eleições de vereadores. Só o mandonismo republicano com a sua concepção estupidamente cruel da política, é que podia lembrar-se de transformar comícios eleitorais em emboscadas de salteadores, com um médico entre eles. Curiosa piedade!

Absteve-se o russo de fazer qualquer consideração e, acompanhado de Lucrécio, encaminhou-se para o centro da cidade.

Inácio da Costa parecia não dormir. A toda hora do dia e da noite, era encontrado na rua, falando e gesticulando em grupos, discutindo nos bondes, lendo jornais, nos cafés, visitando as redações. A todos, prometia um governo de Salento[55] e ameaçava com excomunhão os prudentes duvidosos. Com o seu fraque abanando, o seu coco, fungando com força, pondo em relevo as rugas do rosto, o Inácio não se cansava de dizer que a sã política é filha da moral e da razão.

Lucrécio e Bogoloff logo o encontraram na primeira esquina, pouco depois de saltarem do bonde. Estava limpo, banhado e o seu olhar era jubiloso e esperançado.

— Viram! Viram! Não digo... Temos governo!... Xandu já mandou restabelecer o *Saúde e fraternidade*... Os conselheiros tinham banido esse santo dístico mas agora... Estamos na República... Implicaram também com *Ordem e Progresso*. Por quê? Vocês não querem "ordem"? Vocês não querem "progresso"? A ordem é a condição do progresso.

— Será verdade? — indagou Bogoloff.

— Como não! A história...

— A bem dizer, é o contrário: todo o progresso tem sido feito com desordens.

— Doutor, o senhor está me parecendo um metafísico. Chico — disse ele dirigindo-se a um passante. — Espera aí. Até logo! Até logo!

E saiu, abanando o fraque, fungando, gesticulando, ao encalço do amigo.

---

55 Possível referência a Salento, na região italiana de Púglia, tida como um paraíso [N.E.]

Não tinha Bogoloff grande esperança de ser atendido pelo ministro do Fomento. A promessa que lhe fizera, por ocasião da manifestação a Cogominho, não parecia que obrigasse o ministro a nada. Temia que o despedisse polidamente e, quando fosse o momento oportuno, já tivesse estragado o pedido. Fez parte de suas dúvidas a Lucrécio e este as julgou de peso.

— O melhor — disse Barba-de-Bode —, é irmos à casa do doutor Macieira.

— Não o conheço bem… Não tenho grande intimidade…

— Mas eu o conheço. Vamos lá… Ele me atende… Agora, se arranjar qualquer coisa, é preciso trabalhar pela política dele.

— Não como médico — disse Bogoloff, rindo-se.

— Qual! Isto é com a política do Liberato.

A hora era propícia e tomaram o caminho de Santa Teresa. Depois de Bastos, chefe absoluto e respeitado da política nacional, Macieira era um dos grandes magnatas da República. Graças à população do seu Estado natal, a sua representação na Câmara era volumosa; e, em todos os conchavos, tinha que ser pesada a sua colaboração de chefe dirigente. Como grande chefe, não podia nunca declarar-se em franca oposição; e o capricho que teve disso tinha-o enfraquecido um pouco. Entre os dirigentes da política, há um curioso equilíbrio que precisa de um mais audaz para se fazer; e surgindo esse audaz, nenhum outro pode tomar-lhe o lugar porque sempre o rebelde teme que os colegas não o sigam. O governo é sempre contado como elemento preponderante e o audaz nunca se separa do governo.

Macieira temia muito que o sucesso presidencial não lhe fosse favorável, e se daria isto, se caísse em Xisto. Logo que ele assim se anunciou, ajudou a fazer cautelosas insinuações no ânimo de Bentes e viu com prazer tomar outro curso os acontecimentos. Por isso, tinha no interregno que se seguiu à resignação do presidente grande influência e preponderância. Era um homem delicado, mas reservado e tinha sempre o aspecto da cogitação profunda.

Lucrécio entrou-lhe em casa, demorou-se um pouco e voltou logo dizendo que não lhe pudera falar. Voltasse ao dia seguinte, que seria atendido, recebera recado nesse sentido.

A impressão daqueles restos de floresta, a cidade confusa lá embaixo, a montanha roída trouxeram tristeza ao coração do russo, e recordações dolorosas do seu amargo passado. Em presença daquelas altas manifestações da natureza, o seu pensamento era triste. Diante do Atlântico, o mar tenebroso dos navegadores da renascença, quando veio, embora estivesse espelhante que nem um lago, a sua alma se espedaçou.

Ele — que mal conhecia a história daquelas águas e a das terras que banhavam — só se lembrou que estava ali o mar da escravidão moderna, o mar dos negreiros, que assistira durante três séculos o drama de sangue, de opressão e de morte, o sinistro drama do aproveitamento das terras da América pelas gentes da Europa.

Das dores de tantos milhões de seres, das suas agruras, dos seus padecimentos, da sua morte... só aquelas unidas e mudas águas guardavam memória, e só elas evocavam o drama de que foram palco.

Lucrécio, julgando o companheiro triste com o resultado da expedição tratou de consolá-lo.

— Ele dá o "pistolão"... Não há dúvida!... Não se incomode!...

Bogoloff pensava pouco no fim da visita, mas ficou enternecido com o interesse do rapaz:

— Estou certo... Não penso mais nisso.

Lucrécio falou-lhe ao ouvido:

— Ele não estava em casa, doutor. Ele tem uma francesa... A mulher não disse, mas eu sei... Vou ao Senado logo e as coisas estão arranjadas. Fique certo.

Essa ligação do senador era bem conhecida da cidade e frequentemente os jornais da oposição faziam claras alusões a ela.

Dizia-se mesmo que a tal francesa tinha um grande ascendente sobre o ânimo de Macieira e influía decisivamente no curso dos vastos negócios encaminhados nas repartições públicas. Os homens de concessão, os agentes de casas poderosas sabiam dessa influência da "francesa" e tratavam de obter as suas boas graças mediante porcentagens grandiosas. Fuas Bandeiras conhecia-a, fazia-lhe ofertas de valor e contava-se que Campelo sempre a interessava nos seus reconhecimentos malsucedidos.

Murmuravam nas confeitarias uma curiosa história de que a "francesa" fora eixo. Já vivia em "*collage*" com Macieira, nesse tempo deputado, fraco de recursos, mal podendo sustentar as duas casas com o subsídio. O seu fraco era jogar pôquer e, nas rodas de pôquer, conhecera Fuas Bandeira, com quem travara amizade. Os dois, aos poucos, firmaram sólidas relações e jogavam clandestinamente de parceirada. Um belo dia, o amigo dissera-lhe:

— Sabe de uma coisa? O Francisco tirou a sorte grande, quinhentos contos.

— Não o conheço.

— É um rapaz inteligente, mas pouco prático... Tem que cair...

— Vai perder tudo?

— Vai, e é pena que não aproveitemos algum... Se houvesse um meio...

— Isso é bom para as mulheres, que vão aproveitar.

— Para elas só, não vão. Os outros malandros entram... Há um meio...

— Qual é?

— Não vives com a Arlete? — perguntou Fuas.

— Que tem?

— Tira-a da pensão. Alugamos uma casa mobiliada e levamos o Francisco para jogar pôquer.

— Que pode ele perder?

— Tudo, se quisermos.

— Se ele quiser namorar a Arlete?

— Deixa, e mesmo isso entra no plano.

— Ele descobre.

— Qual! Não tem prática dessas coisas e confia em todos.

A coisa assim foi feita. Alugaram uma casa mobiliada luxuosamente. Arlete figurou como amante de um terceiro sócio e o ingênuo perdeu no jogo bem a metade da sorte grande, enquanto bebia o olhar da francesa. O lucro foi distribuído proporcionalmente com todo o rigor comercial.

Macieira prosperou e foi fazendo a sua carreira na política e nos arredores da política: gorjetas em concessões, advocacias duvidosas e o mais semelhante. Essa pequena anedota poucos conhecem, mas a sua ligação era quase pública.

Arlete ficou na vida do senador como um amuleto de felicidade; e a família a teve do mesmo modo, conformando-se a mulher com a existência da francesa nos hábitos do marido.

Macieira era insinuante, jeitoso, tenaz e prestativo e, com a patrulha avançada de Arlete, conseguia tirar da política o que esta não devia dar.

O caso da venda da Estrada de Ferro interessava à francesa, mas Macieira que pedira votos não dava a transparecer nenhum interesse. De resto, havia tantos empenhados no caso que não valia a pena gastar energia. Arlete, porém, não pensava do mesmo modo e não cessava, com o auxílio de Fuas Bandeiras, de trabalhar para que o Brasil se educasse na iniciativa particular, como dizia o jornalista.

Quem tivesse negócios, pretensões, requerimentos no Congresso, dentre as muitas outras influências decisivas, procurava logo a amante de Macieira. Os seus conhecimentos e relações se estendiam nas várias camadas sociais e recebia na rua cumprimentos discretos de pessoas importantes. Nem sempre o seu trabalho era remunerado; muitas vezes interessava-se por compaixão e por bondade.

Morava no Flamengo e tinha uma casa principesca e risonha, que saltava de um jardim bem tosado, olhando Jurujuba do outro lado. Recebia, dava pequenas festas, jogava-se em sua casa e muita moça de boa família teve desejos de lhe ver as salas.

Gostava do interior, sabia encantá-lo e aos criados, educava com um jeito peculiar, de modo a tê-los durante anos, sem queixas nem ralhos.

Nas salas do seu "*chalet*", muita cartada política foi jogada, muita traição foi combinada com segurança, pois, em geral, as suas visitas femininas eram de atrizes, cantoras e damas de semelhante jaez, estrangeiras em geral, tidas por doidivanas[56] e mais do que doidivanas, sem nenhum interesse pelos destinos do país.

Fuas e Macieira, com outros parceiros, entre os quais o mais assíduo era o major Crótalo, formavam lá, quase diariamente uma mesa de pôquer, onde se jogavam contos de réis; e foi em uma dessas partidas que se decidiu adotar Bentes como "*bélier*"[57] contra a chapeada teimosia em que estava o "Velho" na candidatura de Xisto.

Fuas até interrompeu a partida, redigiu o manifesto ali mesmo, sobre uma secretária minúscula e catita de mulher "chic", leu-o a Bentes, foi aprovado e, ao dia seguinte, publicado num estouro.

Arlete estimou que a sua casa se tivesse assim se tornado histórica e bendisse as consequências do fato, porquanto estava em oposição declarada, desde o veto ao projeto da venda da Estrada de Mato Grosso.

As suas esperanças todas estavam no governo de Bentes, mas, durante o interregno que corria, ela não deixou de trabalhar em prol da iniciativa pública e particular.

Macieira a tinha deixado naquela manhã, sem mesmo almoçar, quando ela foi interrompida na leitura de uma brochura francesa. Anunciaram-lhe a visita de uma senhora. Foi vê-la e logo gostou daquela senhora bem apessoada, elegante, com uns sedutores olhos negros, moça ainda, que ficara de pé graciosamente. A visita também gostou daquela velha francesa que se movia na sua sala com tanto esquecimento de que era dela mesmo.

— Minha senhora, eu sou a viúva do D. Lopo Xavier. Não sei se conheces?

— Conheci... Juiz, não era?

— Sim, minha senhora; e escreveu muito.

---

56 Diz-se de quem gasta de forma exagerada [N.E.]

57 Mesmo que batedor [N.E.]

— Eu sei... Ouvi falar... Era homem de talento.

— Era, minha senhora; e, há quase um ano, requeri ao Congresso uma pensão. A senhora sabe; o montepio é pequeno... não deixou nada... Como a senhora tem alguns conhecimentos, eu...

— Não tenho lá grandes — disse a francesa sorrindo manso. — Entretanto pedirei aos meus amigos...

— Se a senhora quiser, sou pobre...

— Sim... Sim... Eu me interesso, minha senhora. Descanse.

— Então posso contar com a boa vontade da senhora?

— Pode.

A viúva de Lopo Xavier pôs-se de pé com toda graça, ajustou a blusa na cintura e saiu agradecendo muito a bondade e o interesse de Mme. Arlete.

Lucrécio Barba-de-Bode sabia perfeitamente do valimento dessa dama no ânimo de vários políticos, mas não quis incomodá-la, visto poder pedir diretamente a Macieira. O senador não gostaria que o fizesse e ele, cuidadoso em manter a boa vontade dos enfastiados, não os contrariava nessas pequenas coisas de temperamento.

Como Lucrécio não pudesse ir ao dia seguinte à casa de Macieira, Bogoloff foi só.

Lucrécio tinha passado toda a noite com outros, dedicados como ele, a impedir que fossem afixados pelas esquinas da cidade boletins em que se diziam duras verdades sobre Bentes; e, tendo falado a respeito com Macieira, o russo podia procurá-lo sem susto.

Foi recebido Bogoloff no gabinete de trabalho da casa de Santa Teresa. Havia uma mesa rica, cheia de gavetas, com incrustações de marfim e sobre ela, além de objetos próprios para escrever, um ou outro bronze. A mesa era trabalho antigo e de gosto. Havia também um armário envidraçado, meio cheio de livros. A obra menos conhecida que lá havia era a *História dos Girondinos*, por Lamartine, uma tradução portuguesa da casa David Corazzi.

Além desta encontravam-se no armário o César Cantu, alguns trabalhos de Direito Público Brasileiro e publicações oficiais. Não havia senão livros em português.

Sentado a uma "*voltaire*"[58], fumando preguiçosamente, Macieira parecia extremamente concentrado e recebeu o russo, não sem polidez, mas apreensivo, com poucas palavras, como se não quisesse perder o fio das ideias.

Temendo perturbar a marcha dos pensamentos daquele guia de povos, após os cumprimentos, Bogoloff sentou-se e encolheu-se em respeitosa reserva. Certamente, Macieira imaginava coisas poderosíssimas para a grandeza do Brasil; certamente pensava em algum problema nacional, atinente à agricultura, à indústria, ou mesmo às relações internacionais do país; certamente, naquele instante, passavam no seu pensamento as condições de felicidade de toda uma população; e o russo calara-se para que suas parvas palavras não fossem de qualquer forma estragar a maravilhosa solução que o senador iria encontrar. Ficou arrependido de tê-lo procurado. Olhou durante alguns minutos os dois quadros que havia na sala. Eram duas oleogravuras baratas em molduras caras, representando o "Nascente" e o "Poente" no mar alto.

O senador tirou uma larga fumaça do charuto e a sua fisionomia fechada perdeu ao ar de concentração. Disse então:

— Ah! Doutor! Esta política!

Repetiu depois de algum tempo, com uma lamentável expressão de desânimo, senão de desgosto, abanando a cabeça.

— Esta política! Esta política!

O antigo anarquista que Bogoloff era, sentiu no momento uma certa admiração pelos homens de Estado. Com a visão que lhe veio ali das suas responsabilidades, das suas dificuldades, da necessidade do emprego, de inteligência e imaginação que necessitavam as medidas que punham em prática, veio também por eles um respeito que nunca se tinha aninhado no russo libertário. Sinceramente, disse-lhe este:

— O senador tem razão em estar preocupado, mas um homem dos seus recursos não pode desanimar. As questões mais difíceis se

58 Tipo de poltrona [N.E.]

resolvem à custa de muito pensar nelas. Se não for hoje, será amanhã ou depois, e o povo brasileiro não perde por esperar uns dias.

Macieira não lhe respondeu logo. Levantou-se da poltrona e respirou com força como se desde muito a preocupação não o deixasse respirar. Era alto e pesado de corpo, tendo uma cabeça redonda e os cabelos embranqueciam devagar. Foi até a janela, atirou fora a ponta do charuto e respondeu:

— Ah! Bogoloff! Se fosse só o povo, não me preocupava tanto. Ele está habituado a esperar; mas se trata do Chiquinho e as eleições estão na porta.

Sentou-se, calou-se um pouco e o russo não encontrou nada que lhe dizer. Após instantes, continuou, com voz lastimosa:

— Pobre Chiquinho! Tão amigo, tão dedicado, tão leal! Quer ser deputado e eu lhe prometi que o faria; mas não sei por onde! Pelo meu Estado não é possível, o Chico diz que a vaga que vai haver é para o Nunes. O Chico é muito caprichoso e eu não gosto de contrariá- lo. Já falei ao Machado, mas mostrou-me a impossibilidade de servir-me. A vaga do Castrioto, eleito governador, vai para o irmão do Bentes. O Nogueira disse-me que ia ver... Ah! Bogoloff! esta política é uma burla. Sirvo todos e, quando quero que me sirvam, não me atendem.

E estendeu os braços para o crucifixo.

Bogoloff esteve muito tempo sem nada dizer, apesar de saber que não é conveniente calar-se diante dos poderosos. O silêncio é sempre interpretado mal. Ele conhecia muito pouco o Chiquinho, ou, antes: o dr. Francisco Cotiassu, bacharel em Direito, com um emprego qualquer, e mais nada. Assim mesmo e sabendo o motivo da pressa em fazê-lo deputado, adiantou:

— Talvez ele pudesse esperar...

O senador acudiu quase irritado:

— Esperar! Como? Vai casar-se brevemente, como pode esperar? A fortuna dele é insignificante e o emprego que tem rende a ninharia de novecentos mil réis. Preciso fazê-lo deputado quanto antes... Havemos de ver.

A confiança trouxe-lhe o desejo de atender ao estrangeiro.

— Você quer um lugar, onde?

— No Fomento.

— Entende de alguma coisa?

— Entendo. Tenho até ideias especiais sobre a pecuária.

— Quais?

— Penso em criar porcos do tamanho de bois e bois que cheguem a elefantes.

— É maravilhoso! Como você procede?

— É uma questão de alimentação. As plastidas... Enfim: processos bioquímicos, já experimentados em outras partes, que aperfeiçoei.

— Bem, doutor. Vou recomendar você ao Xandu e lá você expõe as suas ideias.

Redigiu a carta com grande desembaraço e segurança; e Bogoloff saiu com uma recomendação eloquente e persuasiva. No mesmo dia não procurou Costale, o Xandu; Bogoloff quis degustar a maravilhosa impressão que recebera da meditação política. Se fosse ao ministério talvez ela se obliterasse. Procurou-o ao dia seguinte na sua catita Secretaria de Estado.

Esperou um pouco na antessala com pretensões a luxo e majestade. Havia um busto de Floriano e pelas paredes, em telas médias, um prematuro retrato de Bentes e o de uma senhora, D. Anita Garibaldi, certamente uma glória italiana. Uma coleção de litografias ocupava grande parte de uma parede; eram os retratos dos ministros passados.

Pelas cadeiras, se viam aquelas fisionomias tristes das antessalas dos ministérios: pobres e remediados, pretos e brancos, mulheres e crianças, moços e velhos, todos compungidos, incertos, esperavam a graça do Estado quase divina. Uma atmosfera de angústia.

Os contínuos e oficiais de gabinete passavam sem pousar o olhar sobre nenhum dos circunstantes; gordos e bem trajados senhores surgiam por debaixo dos reposteiros e atravessavam a sala sorridentes; as campainhas soavam constantemente. Mme. Forfaible ondulante, encerrada no seu vestido impecável, apareceu por entre um reposteiro e foi acompanhada até a porta de saída, por um secretário do ministro.

Bogoloff pôde ouvir o que ela dizia:

— Os paisanos são muito felizes; nós não temos disso... Meu marido...

E afastou-se não deixando que o russo pudesse ouvir o resto da frase. Bogoloff não estava mal vestido. Tinha adquirido uma sobrecasaca de sarja preta, um colete e calça da mesma fazenda, trazia a barba curta e usava chapéu de feltro. Não se separava do chapéu de chuva; e julgou sempre que esse objeto dá aos brasileiros um aspecto de respeito e ponderação. Começou a perceber que não seria tão cedo atendido e fez sua corte ao contínuo porteiro. Já desanimava, quando os seus olhos deram com Inácio Costa.

— Oh! doutor! Que há?

— Precisava falar a S. Exa.

— Pois não... Entre! Estamos na democracia; os conselheiros já se foram. Estou no gabinete deste ontem.

O contínuo afastou-se; eles passaram e Bogoloff foi à presença de Xandu;

Sentava-se o ministro a uma mesa alta, ampla e torneada, inteiramente coberta de papéis e livros. Nas suas costas, ainda um retrato de Floriano e, ao lado, a uma mesa menor, o secretário que conversava com um oficial do exército.

Acolheu-o Xandu com uma certa frieza, mas, desde que leu a carta, fez-se prazenteiro e amável:

— Oh, doutor! Desculpe-me! Desculpe-me! Já me havia esquecido do senhor... Não sabe como ando atarefado. Hoje já assinei 1.557 decretos... Sobre tudo! Neste país está tudo por fazer! Tudo! Em dias, tenho feito mais que todos os governos deste país! Já assinei 2.725.852 decretos, 78.345 regulamentos, 1.725.384.671 avisos... Um trabalho insano! Fala inglês?

— Não, Excelência.

— Eu falo. Desde que o falei com desembaraço, as minhas faculdades mudaram. Penso em inglês, daí me veio uma salutar reação que me interessou todo inteiro. Gosto muito de inglês, com sotaque americano. Experimente... Nascimento! (gritou para o secretário) já temos aquele regulamento sobre a "postura" das galinhas?

Respondeu-lhe o secretário e voltou-se para o russo febril, nervoso:

— O que nos falta é o frio. Ah! A sua Rússia! Eu se quero ser sempre ativo, tomo todo o dia um banho de frio. Sabe como? Tenho em casa uma câmara frigorífica, 8 graus abaixo de zero, onde me meto todas as manhãs. Precisamos de atividade e só o frio nos pode dar. Penso em instalar grandes câmaras frigoríficas nas escolas, para dar atividade aos nossos rapazes. O frio é o elemento essencial às civilizações... Mas — emendou a alta autoridade —, ainda não lhe falei sobre seus planos. Macieira fala-me aqui das suas ideias sobre a pecuária. Quais são?

— São simples. Por meio de uma alimentação adequada consigo porcos do tamanho de bois e bois do tamanho de elefantes.

— Como? Mas, como doutor?!

— Os meus processos são baseados na bioquímica e já foram experimentados em outros lugares. O grande químico e fisiologista inglês Wells escreveu algo a respeito. Não conhece?

— Não.

— H. G. Wells, um grande sábio inglês de reputação universal, cujas obras estão revolucionando a ciência.

— Não tenho notícia... É uma falha... O senhor tem livros dele?

— Tenho.

— Há de mos emprestar. Mas... de forma que boi dos seus, é?

— São quatro, Excelência. Veja só Vossa Excelência que vantagem não traz.

— Magnífico! É um extraordinário o seu método de criar. E o tempo de crescimento, doutor?

— O comum.

— É uma maravilha. No mesmo tempo, com um mesmo animal, o senhor obtém efetivamente quatro?

— É verdade.

— Quatro! Estás ouvindo, Nascimento?

O secretário respondeu ao Ministro e continuou mergulhado no expediente. O oficial tinha partido. Um contínuo veio dizer-lhe qualquer coisa. O ministro mandou-o ao secretário.

— Doutor, o senhor é verdadeiramente mágico. Por que não me disse isto há mais tempo?

— Já lhe havia dito na casa do senador Neves Cogominho.

— Ah! É verdade!

— Não se cifram nisso, Excelência, as vantagens dos meus métodos.

— Ainda tem outros?

— Tenho, como não?

— Quais?

— Ainda consigo a completa extração dos ossos do meu gado.

— Completa?

— É um modo de dizer. Reduzo-os ao mínimo, quando chegar a época da matança, e

os transformo em carne no animal vivo.

— Que gado lhe serve?

— Qualquer! Suíço, francês, inglês… Não faço questão; o essencial é haver boi.

— E os porcos?

— Também! Qualquer!

— Extraordinário! Estás ouvindo, Nascimento? — gritou para o secretário.

O acolhimento que dispensou aos seus projetos o excelentíssimo senhor ministro do Fomento Nacional animou o russo a improvisar novos processos que levantassem a pecuária no Brasil. Xandu, com o cotovelo direito sobre a mesa e a mão respectiva na testa, considerava Bogoloff com espanto e enternecido agradecimento.

— Ah! Doutor! — disse ele. — O senhor vai dar uma glória imortal ao meu ministério.

— Tudo isso, Excelência, é fruto de longos e acurados estudos.

Xandu continuava a olhar embevecido o russo admirável; e este aduziu com toda convicção.

— Por meio da fecundação artificial, Excelência, injetando germes de uma em outra espécie, consigo cabritos que são ao mesmo tempo carneiros e porcos que são cabritos ou carneiros, à vontade.

Xandu mudou de posição, recostou-se na cadeira; e, brincando com o monóculo, disse:

— Singular! O doutor vai fazer uma revolução nos métodos de criar! Não haverá objeções quanto à possibilidade, à viabilidade?

— Nenhuma, Excelência. Lido com as últimas descobertas da ciência e a ciência é infalível.

— Vai ser uma revolução!...

— É a mesma revolução que a química fez na agricultura. Penso assim há muitos anos, mas não me tem sido possível experimentar os meus processos por falta de meios; entretanto, em pequena escala já fiz.

— O quê?

— Uma barata chegar ao tamanho de um rato.

— Oh!... mas não tem utilidade.

— Não há dúvida. Uma experiência ao meu alcance, mas logo que tenha meios...

— Não seja essa a dúvida. Enquanto eu for ministro, não lhe faltarão. O governo tem muito prazer em ajudar todas as tentativas nobres e fecundas para o levantamento das indústrias agrícolas.

— Agradeço muito e creia-me que ensaiarei outros planos. Tenho outras ideias.

— Outros? — fez em resposta o Xandu.

— É verdade. Estudei um método de criar peixes em seco.

— Milagroso! Mas ficam peixes?

— Ficam... A ciência não faz milagres. A coisa é simples. Toda a vida veio do mar, e, devido ao resfriamento dos mares e à sua concentração salina, nas épocas geológicas, alguns dos seus habitantes foram obrigados a sair para a terra e nela criarem internamente, para a vida de suas células, meios térmicos e salinos iguais àqueles em que elas viviam nos mares, de modo a continuar perfeitamente a vida que tinham. Procedo artificialmente da forma que a cega natureza procedeu, eliminando, porém, o mais rápido possível o fator tempo, isto é: provoco o organismo do peixe a criar para a sua célula um meio salino e térmico igual àquele que ele tinha no mar.

— É engenhoso!

— Perfeitamente científico.

Xandu esteve a pensar, a considerar o tempo perdido, olhou o russo insistentemente por detrás do monóculo e disse:

— Não sabe o doutor como me causa admiração o arrojo de suas ideias. São originais e engenhosas e o que aumenta um pouco essa minha admiração é que elas não partam de um nacional. Não sei, meu caro doutor, como é que nós não temos desses arrojos! Vivemos terra à terra, sempre presos à rotina! Pode ir descansado que a República vai aproveitar as suas ideias que hão de enriquecer a pátria.

Ergueu-se e trouxe Bogoloff até a porta do gabinete, com seu passo de reumático. Dentro de dias Gregory Petrovich Bologoff era nomeado diretor da Pecuária Nacional.

7

Houve sempre quem se zangasse com os estrangeiros que perguntavam lá nas suas terras, se aqui, nós andávamos vestidos; e, concluísse daí a lamentável ignorância dos povos europeus. Essa irritação trouxe aos nossos dirigentes, diplomatas e gente do mesmo feitio de espírito a necessidade de pensar em medidas que levassem os franceses a ter uma mais decente reputação de nós mesmos. Aborrecia-se essa gente tão bonita, tão limpa, tão elegante, que não vissem o Brasil nela mas nos índios nus, nas serpentes, nas florestas e nas feras. Era um erro palmar de geografia que precisava ser emendado de vez e apagado do espírito estrangeiro essa feição tão deprimente para a nossa pátria. Há quem pense que daí não advém mal algum; que a representação de um país na imaginação de outro povo há de ser sempre inexata; e na de um país de segunda ou quarta ordem, feita por estranhos, há de dominar forçosamente o aspecto mais nitidamente diferente que ele possuir.

Outra fonte de irritação para esses espíritos diplomáticos estava nos pretos. Dizer um viajante que vira pretos, perguntar uma senhora num *hall* de hotel se os brasileiros eram pretos, dizer que o Brasil tinha uma grande população de cor, eram causas para zangas fortes, e de tirar o sono de estadistas aclamados. Ainda aí havia um lamentável esquecimento de um fato de pequena observação. Hão de concordar esses cândidos espíritos diplomáticos que o Brasil recebeu durante séculos muitos milhões de negros e que esses milhões não eram estéreis; hão de concordar que os pretos são muito diferentes dos europeus; sendo assim, os viajantes pouco afeitos a essa raça de homens, hão de se impressionar com eles.

Os diplomatas e jornalistas que se sentiam ofendidos com a verdade tão simplesmente corriqueira, esqueciam tristemente que por sua vez a zanga ofendia os seus compatriotas de cor; que essa rezinga queria dizer que estes últimos eram a vergonha do Brasil e seu desaparecimento uma necessidade.

Os viajantes assalariados, dessa ou daquela forma, pelo tesouro, nas obras e artigos que publicavam, tinham sempre o cuidado de dizer que não havia mais febre amarela, e o preto desaparecia. Um houve que teve intensas alegrias quando não viu negros no porto de Santos e levou essa novidade ao mundo inteiro, por intermédio de seu livro.

Os nossos diplomatas, compartilhando desse tolo e irritante feitio de pensar, quiseram apoiar a sua vaidade em uma filosofia qualquer; e combinaram as hipóteses sobre as desigualdades de raça com a seleção guerreira, pensando em uma guerra que diminuísse os negros do Brasil.

Não podendo organizar uma verdadeira "*reserve for the blacks*"[59], decretar cidades de resistência, estabelecer o isolamento "*yankee*", pensaram na guerra em que morressem milhares de negros, embora ficando as negras a parir bebes brancos.

Não convém discutir o valor de semelhante propósito, e demonstrar que esse projeto dos nossos diplomatas com peças oficiais seria vão. Há inequívocas manifestações desse espírito nos jornais e fora

59 Área reservada para negros [N.E.]

deles; e elas indicam perfeitamente esse pensamento oculto, esse tácito desejo dos nossos homens viajados e influentes.

Por momentos, esse espírito tomou um grande ascendente sobre a nossa administração e quis concluir a sua obra de embelezamento de cidades, organizando um exército para a guerra futura. Necessitou de uma figura de um general. Os que haviam se notabilizado no Paraguai tinham desaparecido, e os velhos oficiais que tinham por lá passado estavam cansados. Sabe toda a gente que quando um grupo social tem um pensamento fortemente comum e deseja realizá-lo, inconscientemente procura um indivíduo em que encarná-lo e por ele executar o seu desígnio. Nos generais que frequentavam os corrilhos políticos e próximos, havia a esperança.

Era um comandante, simplesmente comandante, minucioso na administração do seu batalhão, mas com cujo auxílio, os jovens oficiais, tendo nos olhos o exemplo dos países militares, julgaram ser possível criar um exército à prussiana. No seu temperamento, na sua personalidade facilmente impressionável, dúctil e maleável, que não guardava impressões e não fazia com elas um "eu" seu, um pensamento próprio, era fácil influírem essas sugestões e representar ele o papel. Os políticos levaram-no aos pináculos da carreira e da administração; e os jovens militares fizeram-no organizar espetaculosas manobras e tomar atitudes guerreiras.

Com o ascendente dos diplomatas, nesse instante aliados aos guerreiros, Bentes ganhava prestígio e parecia ser o executor do pensamento de ambos os grupos. Porém, há entre os militares uma corrente mais forte que a daqueles que querem um exército adestrado, automático, garboso e eficiente: é a dos políticos. Não que eles sejam eleitores ou deputados; o que eles são é crentes nas virtudes excepcionais da farda para o governo e para a administração. A farda — a longa e pesada tradição que representa e evoca — promete muito a todos que a vestem; e os militares não pesam os meios de que dispõem para realizar esse muito que lhes é prometido. Para eles, o uniforme dá qualidades especiais; todos são honestos, todos são clarividentes, todos são enérgicos. A tradição de Floriano, sempre mal analisada e sempre falseada em grandeza e poder, muito concorre para isso e faz repercutir no povo a concepção quarteleira.

Há até doutrinadores a afirmar que os grandes fatos políticos e sociais do Brasil tem sido realizados por militares. O Exército, escrevem eles, tem levado este país às costas. Ainda não havia Exército brasileiro, pois ainda o Brasil não era independente, e já aquele fazia a Independência com as milícias paisanas. A abolição foi feita porque um tenente não quis apanhar escravos fugidos. É bem possível que esse oficial não o quisesse fazer por espírito de casta ou classe; que julgasse, talvez, incompatível com a dignidade de seu ofício semelhante diligência; mas os teoristas não se detêm. O que aconteceu foi o que se daria hoje se se mandasse o Exército executar as funções de polícia. Parece.

Justificada vagamente a excelência da política dos militares, não é de admirar que tal convicção se haja solidificado nos espíritos, tanto mais que os doutrinadores especiais não têm merecido a crítica que exigem. Lamentavelmente, não se tem mostrado a eles que a sua teoria no que é peculiar ao Brasil tem vícios insanáveis; e no que toca ao mundo esquecem a consideração que durante muito tempo não houve militares nem civis e a casta dominante, donde saíam os governantes, era forçosamente a de guerreiros.

Popular entre os militares a doutrina, pondo na ascensão de um deles ao poder grandes esperanças de solver pequenas dificuldades, não é de espantar que Bentes, prestigiado pelos diplomatas, gabado nos jornais, se fizesse em pouco tempo o chefe primacial que não existia.

Com uma docilidade espantosa, foi ao encontro das sugestões e as acatava. Um jornal, pela pena de seu cronista militar, por ocasião de uma revista, disse que Bentes, a cavalo, pequeno busto, era bem um qualquer general japonês. Bentes gostou da lembrança, e como esse general tivesse o vício do havana que não largava da boca, esforçou-se ele também por não largá-lo dali em diante.

Bem cedo, aliaram-se os militares políticos e os organizadores da nação armada em torno da figura que nascia toda inteira do pensamento diplomático. Sob o pretexto de reorganização, alargaram os quadros, fizeram-se centenas de promoções, e esse alargamento dos quadros era justificado pelo sorteio militar.

A oposição foi grande e não houve expediente por mais inconfessável que fosse, que não empregassem os interessados para arrancar a lei inconstitucional à facilidade do Congresso e à timidez do presidente.

Feitas a promoções, criadas as repartições em que os militares se fizeram plácidos burocratas, a popularidade e prestígio de Bentes no Exército foram os de um general vitorioso que tivesse repelido o invasor.

A criação dos diplomatas, porém, ia tomar outro rumo; o selecionador da população não queria mais o papel. Julgou-se estadista, ficou convencido que o era, graças aos ascendentes sinais cabalísticos do seu anúncio. O despeito dos políticos com a candidatura de Xisto foi ao encontro do apocalipse militar; e Bentes pesou na escolha do sucessor presidencial com uma revolução na retaguarda.

A primeira impressão que se teve foi de estupor. Aquele motim branco, aquela revolução de palácio, de serralho, não estava nos nossos hábitos. Ninguém tinha percebido esse lento trabalho oculto; ninguém tinha notado e não notava as interferências dos diversos espíritos dos grupos que Bentes representava e o seu ato foi no ar, espantando e aterrando, como se fosse um braço que se agitasse no espaço sem inserir-se em um corpo qualquer.

Depois, passado o espanto, houve a irritação causada com aquela súbita fortuna. A opinião só as admite assim, as de dinheiro; ,mas as outras, que ela está habituada a ver obtidas lentamente, passo a passo, quando o são de outra forma, chocam e ferem as noções que o consenso geral já tem firmes no espírito.

Esquecia o povo todos os seus defeitos, todas as suas insuficiências, se a ascensão fosse feita aos poucos, normalmente, sem violências disfarçadas e coações meio confessadas; e a irritação da multidão, da opinião, descarregou-se; transformou-se em riso, em riso sardônico, como sabe sempre rir a massa, dos tiranos que são ao mesmo tempo tiranizados.

Não foram todos os políticos que o aceitaram; foram alguns chefes, um dos quais era Macieira, que viu logo como podia aproveitar a situação; e Bastos, apesar de toda a sua força aparente, admitiu-o, aceitou-o, por uma consideração de defesa e conservação pessoais. Neves Cogominho e os outros homologavam a escolha, e todo o esforço destes foi simular que o fizeram com liberdade e convencer Bentes que muito lhes devia.

Solicitado por uma corrente de interesses, solicitado por outra contrária, Bentes oscilava doidamente, como um espantalho sob o vendaval. Os adeptos sem se entenderem entre si, só se compreendiam na bajulação desmedida, com que incensavam o feitiço — bajulação que crescia em proporção aos ataques.

Políticos aposentados e esquecidos, agitadores infelizes foram trazidos à tona e, do exagero de adulação, penitenciavam-se todos troçando na intimidade o ídolo que tinham criado.

Um antigo político gabou a ignorância como fecunda no governo, firmando mesmo a sabedoria como prejudicial ao país; e Inácio Costa, em conversa com Benevenuto, confirmou a sentença:

— Soberania? Bacharelismo?... Nada! Nada!... Acabamos com essa pedantocracia bacharelesca.

Benevenuto disse-lhe então, pacientemente:

— Inácio, queres ouvir uma história? É uma lenda que corre entre os Fellahs[60]. Como tu sabes, são supostos representantes contemporâneos dos Faraós. Contam eles que, por ocasião da conquista pelos árabes, o escriba Hué-Tep despertou do túmulo. São casos que se passam frequentemente nessa vasta necrópole que é o Egito. Hué-Tep ergueu-se do túmulo, tirou a sua máscara funerária e viu toda a brutalidade de Omar e seus correligionários. Reparou que não

60 Trabalhadores rurais ou agricultores do Oriente Médio e do Norte da África [N.E.]

gostavam dos rolos de papiros e não tinham em grande conta o seu velho saber de estilizar em belos caracteres demóticos os grandes fatos das dinastias. Hué-Tep, ressuscitado do túmulo por aquele tropel, não sabia como viver. Tinha uma língua tão diferente e os recém-chegados odiavam a escrita. Como havia de ser?

"Estava pensando, já fora do túmulo e sentado sobre a extremidade de uma gulga de granito, quando um "*caid*"[61] árabe, com a cabeleira untada de graxa, aproximou-se e perguntou- lhe:

— Que fazes, meu velho?

— Vim de entre os mortos e não sei o que hei de fazer.

— Quando vivias, o que fazias?

— Escrevia; era escriba de Phon-Chué, ministro do poderoso Amenem-Set.

— Isto está fora de moda. Não vês, por que o Egito com os seus três impérios desapareceu? Foi a escrita... Nada de escrita. Fora os preparados.

E logo o escriba da maravilhosa letra ficou convencido dos malefícios que a sua habilidade representava e seguiu o "caid" que lhe dava tâmaras e mel de quando em quando.

O escriba Hué-Tep, que só fora estimado pelo seu saber e pela sua linda letra, começou a aconselhar a quebra dos monumentos e a queima das bibliotecas; e foi por isso, dizem os Fellahs, que o Egito ficou estéril."

— Eu sei doutor. Eu sei... Mas esse saber aí não é saber que valha.

— Mas qual é o teu saber, Inácio?

— É a ciência positiva. Não admito essa jurisprudência, esse Direito.

— Por quê?

— Porque não é positivo.

— Quem diz que o teu é?

— Doutor, o senhor é um metafísico. Não se pode conversar com o senhor. Nós precisamos, doutor, de aperfeiçoamento moral;

61 Mesmo que general [N.E.]

e devemos ter por principal escopo a incorporação do proletariado à sociedade moderna.

Quase sempre Benevenuto, depois do jantar, vinha àquele Café espairecer e conversar com um e outro conhecido. Não tinha companheiro certo, mas era raro que encontrasse Inácio Costa. As noites, raramente este saía de casa; mas, por aquela época de grande atividade política, ele as aproveitava para ir a esta ou àquela casa de pessoa influente, principalmente à de Bentes, que vivia cheia. De resto, quando não o fazia, corria os cafés, as redações dos jornais, buscando novidades, num temor constante que Bentes se evaporasse de uma hora para outra.

O primo de Edgarda encontrara ali Inácio e estavam a conversar amigavelmente, quando Lucrécio aproximou-se da mesa e, de pé, apoiado ao guarda-chuva, disse sem mais cumprimentos:

— Sabe... com licença, doutor... mataram o Zeca Boneco.

A Benevenuto pareceu que se tratava de alguma relação de Inácio, mas este indagou com indiferença.

— Quem é?

Lucrécio tinha nas faces o temor estampado e, de vez em quando, olhava os lados cautelosamente.

— Um rapaz... Um rapaz dos nossos... amigo do Totonho.

— Quem foi?

— O povo!

Barba-de-Bode pronunciou esta palavra e respirou aliviado; Benevenuto levantou-se e foi passar o resto da tarde em lugar menos povoado de novidades políticas.

Lucrécio sentou-se e contou os pormenores da execução popular. Zeca era antigo aprendiz de marceneiro. Alistara-se no bando de Totonho, fizera diversas desordens, e até mesmo mortes. Tinha andado sossegado um pouco, devido à polícia; ultimamente, porém, voltara mais terrível. Extorquia dinheiro a todos do bairro, de revólver em punho, especialmente dos negociantes, gostando também de fazê-lo alta noite aos jogadores felizes. As queixas eram muitas; a polícia o prendia, mas sempre o dr. Campelo ou Totonho soltavam-no. Naquela noite, no largo do Machado, intimara um cocheiro de carro a dar-lhe algum dinheiro. O "Capote", tal era o apelido do cocheiro, não acedera e Zeca matara-o a facadas. Perseguido pelos colegas do morto, outros populares se vieram a juntar e, quase em frente ao palácio do Catete, fora morto a tiros de revólver.

— E a polícia? — perguntou Inácio.

— A polícia não pode nada.

Inácio não viu bem como legava esse acontecimento ao destino da candidatura de Bentes. Pareceu-lhe ver naquela atitude dos populares alguma coisa de mais efetivo na manifestação de sua opinião; e notem que Lucrécio estava amedrontado, assustado, como se o povo estivesse a gritar sempre: Mata! Mata! Lincha!

A notícia desse fato teve uma pungente repercussão na cidade. As proezas do assassinato — arroladas pela polícia e não punidas — que os jornais publicaram deram aos habitantes a ideia de que estavam à mercê do mais audaz. Mesmo a frouxidão das autoridades em apurar tão grave fato indicava que se julgavam felizes por se verem livres do pesadelo que o desordeiro representava; e, se assim era, se não tinham procedido contra ele na forma da lei, denunciava que estavam coagidos, manietados[62], deixando a fortuna, a honra, a segurança de cada um entregues à sanha dos desalmados de que a polícia precisava para aterrar, asfixiar a opinião e as consciências.

Numa, na manhã seguinte, conforme o seu hábito, depois de ter tomado café, propôs- se a ler os jornais. Com os acontecimentos, a sua leitura era mais descansada e curiosa, estendendo-se a jornais de todos os matizes e feições.

Os periódicos efêmeros, as revistas comentaristas, ele os lia ou fazia a mulher lê-los, cauteloso como andava em perscrutar a marcha dos fatos, em precaver-se contra as intrigas, em descobrir de que forma os seus colegas, no entusiasmo pela candidatura do general, enxergavam a sua situação política.

---

62 Mesmo que "de mãos atadas" [N.E.]

Amanhecera chovendo, um chuvisco fino e intermitente. O dia era indeciso. As árvores tinham um verde contente e as montanhas estavam encobertas. A velha D. Romana, que raramente se interessava pelos acontecimentos, veio perguntar a Numa:

— Doutor, estão matando gente na rua?

Ficou entre os umbrais da porta. Como que a velha tinvesse medo de avançar e perguntava com toda a sua forte e boa velhice:

— Doutor, estão matando gente na rua?

Numa descansou a folha e respondeu com acanhamento àquela pergunta em que havia algo de censura maternal:

— Não... Não... Um desordeiro... Não foi nada, D. Romana; isso acontece em toda a parte.

Esteve a velha ainda instantes de pé olhando o marido da neta sem dizer palavra, mas a interrogá-lo com os olhos. Numa evitava olhá-la e os encargos domésticos chamaram-na ao interior da casa.

Não se espantou o legislador com o caso, mas sentiu no ato dos populares um desaforo, uma insolência. Governo é governo; e se protegia o homem....

A mulher veio tomar café na sala em que o marido lia os jornais. Já sabia vagamente sobre o fato e inquiriu:

— Numa, que fuzilamento é esse que os jornais trazem?

— Um caso à toa... Um sujeito matou outro e o povo matou-o.

— Por quê?

— Por quê? Porque matou o outro.

Acabando de tomar o café, Edgarda correu os jornais e leu o fato. Não tinha, como o marido, prática desses atos de política e não sabia que esta exigia tanto. A sua impressão foi de desmoronamento. Tudo caía, a lei, a ordem, a autoridade; e na barbaridade dos entrechoques de paixões, a paixão irrefletida da multidão teria de dominar... Acertaria sempre? Teria acertado? Por que aquele arruaceiro saqueava em pleno Rio de Janeiro? Por quê?

Era a política, era Campelo a garantir-lhe a impunidade e, mais alto, os protetores de Campelo dando a este mão forte e prestígio... Se o

Estado é uma coação organizada, essa coação cessava por abdicação do próprio Estado... Era o ruir de tudo... Onde nos levaria tudo isso?... A sua colaboração não seria criminosa? Tinha direito perante a sua própria consciência de contribuir para semelhante ruína? Sentiu perfeitamente que este afrouxamento da lei e da autoridade tinha por fim recrutar dedicações aos ambiciosos antipáticos à opinião. A coação legal do Estado fizera-se, para uma mascarada eleitoral, ameaça de valentão... No afã de fingir que Bentes era desejado, os aparelhos de compressão governamental não tinham o cinismo de impô-lo à força de baionetas. Faziam rodeios, simulavam uma escolha regular; era a homenagem que o vício prestava à virtude. Como a opinião não se revoltava? Tinha medo?... Parecia impossível, mas se não tivesse... Crime maior lhe pareceu a coação que se fazia à consciência da nação.

Com que direito? Em nome de quê? Não eram interesses secundários que se sobrepunham, com baionetas, garruchas, facas, à manifestação de vontade de um país inteiro? Não era um sindicato profissional que queria tirar de Bentes os lucros de seu monopólio? A maldição viria sobre ele e sobre ela também que, por simples vaidade, não falava claramente... Mas, se fizesse, que havia de ser, que adiantaria? Numa não voltaria deputado; ela não seria a esposa do eloquente parlamentar; as outras não a olhariam com respeito e a sua fortuna não teria essa moldura; seria a fortuna vulgar, corriqueira, da mulher de um negociante qualquer.

— Esse caso vai ter eco na Câmara — disse ela.

— Penso também. A oposição vai aproveitá-lo e fazer um cavalo de batalha. Não me meto na discussão.

— Não faça isso... É bom sempre dar uns apartes... Naturalmente vão censurar a polícia.

— Qual polícia! Você não reparou que o homem é protegido do Campelo! Vão censurar a todos nós, atacar-nos.

— Os comentários de Fuas encaminham um pouco a opinião que você deve ter. Você leu?

— Li e já sei dos casos que tem havido em outros governos.

— Os oposicionistas podem achar certas diferenças.

— Quais são?

— É que o de hoje vivia a extorquir dinheiro à mão armada, desde que o "Velho" deixou o governo, com ciência e aviso à própria polícia que não tomou providências. Você não acha?

— Que tem isso?

— Você sabe bem... Você não está na Câmara? A polícia não tomou providências porque vocês....

— Nós? Eu, não.

— O partido de vocês...

— Campelo.

— Sim, Campelo o acobertava.

A mulher retirou-se e Numa um instante considerou a gravidade dos fatos. A abdicação deles, os políticos, tinha afrouxado senão cortado todos os laços sociais. Ficou surpreendido por ter verificado isso, ele que, em Catimbao julgava de somenos essas coisas de assassinatos...

Na sala em que estava, ouviram longinquamente os ruídos das ruas. os zumbidos dos elétricos, o buzinar dos automóveis, o burburinho dos mercadores, mas, assim mesmo, sentia a palpitação do Rio de Janeiro, capital do Brasil, cheia de comodidades, mas de oposição e de crítica.

Embora no lugar em que estava não visse o portão, Numa teve ideia de que ele fora aberto. Devia ser uma visita. No começo eram raras; mas, ultimamente, se multiplicaram. Não havia projeto em que o seu voto não fosse solicitado por uma meia dúzia de empenhos. Muitas vezes, os pedidos eram contrários à sua disciplina partidária, e negando-se a atendê-los criava antipatias. Como queriam que fossem independentes? De um lado, o partido, e de outro, os interessados? Como havia de ser? Para não errar, para a sua segurança, votava sempre com o partido.

Os jornais e o povo debochavam do Congresso; faziam-lhe as mais acerbas críticas e cobriam os deputados de epítetos os mais desprezíveis. Não se entendia o povo! Dizia isso, proclamava a inutilidade do Parlamento, desmoralizava-o; entretanto, queria que resistisse aos assaltos, às ameaças do poder. Estariam os deputados muito avisados, se lhe seguissem os conselhos. Seriam tocados da Câmara, expulsos, e então não valeria mais nada o Congresso. A visita entrou; era Mme. Forfaible. Edgarda acompanhava a generala enquanto tagarelavam. Numa teve pressentimento que ela vinha interessar-se pelo projeto das desacumulações. Que diabo! Não sabia como votar!... O governo uma hora fazia questão, outra diziam à socapa que vetaria... Temia incompatibilizar-se e ficar incompatível, tanto mais que Bentes parecia ser contra. Tinha mesmo dito: "Eu sou pelas desacumulações bem entendidas".

A senhora entrou e toda a sala animou-se com a sua presença.

— Doutor, bom dia! Já sabe da última novidade? O Comensoro casa-se com a copeira da pensão. Esse Comensoro, Edgarda, é muito engraçado. Você sabe como foi o casamento dele? Vou contar. Ele pinta os bigodes. Outro dia, não tendo tempo de pintá-los completamente, saiu com a metade do bigode branco. Na sala, ao tomar a escada, alguém disse: Coronel, o senhor está com o bigode sujo; A menina, a noiva, a copeira...

— Não era copeira, Anita — disse Edgarda.

— Enfim, a noiva observou por aí: Não é verdade dizer que a metade do bigode do coronel está suja; o que ela está é limpa.

— Por isso casou-se? — perguntou Numa.

— Por isso. Vai comer bons quitutes, certamente.

— Como você sabe disto, Anita?

— Eu não sou muito própria para saber, mas certamente Comensoro não será também. Está tão velho...

— Nem tanto — disse Numa.

— No almanaque; a igreja talvez não seja da mesma opinião... Doutor, outra coisa: preciso do seu voto para serem rejeitadas as tais desacumulações. Manoel não pode viver sem os vencimentos de professor...

— Minha senhora...

— Olhe, doutor, nós ficamos inimigos...

— O povo...

— Que tem o senhor com o povo? O povo não vale nada... Não vê como ele não quer Bentes, como se pudesse ter opinião dessas coisas. Não acha, Edgarda?

— Olha, Anita, eu não sei bem se ele pode ter ou não.

— Você é socialista. Não sei como você, filha de senador e mulher de deputado, pode ter ideias tão incomuns. Então, doutor, como vota?

— Minha senhora...

— Seja franco: como vota?

— Depende.

— Edgarda, como vai votar seu marido?

— Isso é lá com ele; não tenho nada com isso.

— Pois olhe, minha filha, não é o que dizem por aí.

Numa e Edgarda entreolharam-se, e Mme. Foirfable insistiu:

— Quero uma resposta, doutor.

— Minha senhora, voto com o líder.

— Está bem. Você sabe, Edgarda, vim só com o café...

— Você quer almoçar comigo?

— Não. Falar em almoçar... Você sabe quem me convidou a jantar com ele há dias, em "*tête-a-tête*"?

— Quem?

— O Albuquerque. Não conhece, doutor? O poeta Albuquerque...

— Conheço. Recita muito bem.

— Ele convidou e você aceitou? — perguntou Edgarda.

— Quase! Albuquerque está fazendo um poema... Você não gosta dos versos dele?

— Não são maus. Por que você não jantou com ele?

— Que diriam?

— Ah! — fez Numa vitoriosamente. — Aí, a senhora respeita a opinião...

— Sim, mas para fazer um presidente da República, precisa-se saber a opinião do carniceiro, do padeiro, do vendedor de jornais, do tripeiro? Ora!

Numa, nessa questão de acumulações, sabedor de como era grande o número de pessoas a que ela interessava, tinha procurado sondar a opinião de muita gente. Em Fuas, não pudera descobrir estrela que o guiasse. As suas opiniões, tanto por escrito, como pronunciadas, eram cheias de duplicidade, de evasivas, de restrições. Todas elas admitiam que o cidadão tivesse dois ou mais empregos quando fossem de natureza técnica, quando não houvesse capacidades senão em um indivíduo para preenchê-los. Fazer tais restrições era continuar a manter as acumulações. Por que, então, querer a solenidade de uma lei especial? Fuas, que era ladino, podia bem orientá-lo; Numa, porém, não gostava da sua intimidade. Ele o tratava com uma condescendência superior, como se fosse Fuas o legislador, o deputado. Se bem que precisasse dele, essa atitude do jornalista feria-o e tirava-lhe a acuidade nas perguntas, as lábias para surpreender-lhe a opinião. Na verdade, Fuas pouco se incomodava com a questão; os seus interesses se haviam voltado para Bogoloff.

É caso que o diretor da Pecuária Nacional logo que tomou posse do seu lugar, procurou Xandu, com quem teve uma conferência, na qual mostrou a necessidade de dar começo às experiências dos seus processos de fazer um boi virar quatro e fabricar carneiros que fossem ao mesmo tempo cabritos.

— Não há dúvida, doutor, organize o seu plano — disse Xandu com toda a segurança. — Exponha o que necessita, pois aqui estou eu para fornecer-lhe os meios. O doutor compreende perfeitamente que tenho o máximo empenho em levar avante esse empreendimento, não só porque é de um valor científico extraordinário, como também oferece aspectos práticos de alcance transcendente. ademais, a glória que lhe couber também será partilhada pelo meu ministério…

Consertou o monóculo na arcada orbitária e continuou com calor:

— Sou pela prática da atividade útil. Hoje, por exemplo, tenho que assinar 2.069 decretos e levo ao presidente 412 regulamentos, entre os quais um sobre a postura de galinhas, que lhe vai agradar muito... Não se dedica à avicultura, doutor?

— Não; mas os meus processos são gerais, destinam-se a toda espécie da criação de animais. Havemos de experimentá-los, se V. Exa. me fornecer os meios necessários.

— Não há dúvida. Faça o orçamento.

Não se demorou muito Bogoloff em organizá-lo com todo o capricho. Nele, além de muitas coisas, exigia dez auxiliares hábeis, práticos e sabidos na bioquímica, os quais deviam ser contratados na Europa; exigia também um numeroso pessoal subalterno; pedia uma fazenda e uma grande verba para material e aparelhos.

Só em pessoal gastavam-se quatrocentos contos e outro tanto com a fazenda, aparelhos e material. Fuas, sabedor do caso, pôs algumas observações no seu jornal sobre a criação da Estação Experimental da Reversão Animal e Quadruplicação de Bois. O russo procurou-o, os comentários cessaram e Fuas ficou encarregado da aquisição da fazenda, material e aparelhos.

Vencido esse pequeno tropeço, Bogoloff procurou o ministro, a quem apresentou o orçamento.

— Não lhe posso dar resposta já, meu caro doutor. Estou muito atrapalhado... Nesse país está tudo por prover e eu trabalho dia e noite. Nunca teve ministros e um que vem com disposições de trabalhar, esgota-se em pouco tempo... Imagine que não pude tomar hoje o meu banho de frio, tanto estou atrasado!... Um dia em que não o faço, volto a ser o brasileiro mole que os senhores conhecem... Assim mesmo já assinei 382 decretos e organizei 49 regulamentos... Ah! Doutor! Esse Brasil precisa de frio, muito frio!

Despediu-se Bogoloff do homem tão ativo e voltou ao seu gabinete de Quadruplicação de Bois, que era no próprio edifício da secretaria. Fuas esperou o resultado durante um mês e o trabalho do russo na Direção da Pecuária Nacional limitava-se, durante esse tempo, tão somente assinar os registros de estábulos e cocheiras da cidade.

Fuas Bandeiras desesperou-se e foi tratar de outros negócios; mas Bogoloff, que era mais tenaz, esperou pela decisão de Xandu. Houve um dia em que o ministro o chamou e falou-lhe a respeito da sua pecuária intensiva:

— Li o seu orçamento e a sua exposição. Muito bons, ambos! O orçamento está um pouco salgado. Por que o senhor quer um laboratório de química tão completo?

— V. Exa. compreende — disse-lhe o doutor russo —, que os nossos processos se baseiam na bioquímica; daí essa necessidade.

— Não há dúvida, concordo; mas o doutor podia bem dispensar a fazenda.

— E os meus bois onde viveriam? Não acha V. Exa. necessário pastagens?

— O seu método não se baseia na alimentação artificial, doutor?

— Baseia-se na superalimentação química.

— Pois então? O seu gado podia até ser criado em uma sala.

— Isto podia dar-se se fosse um ou dois, mas muitos não é possível. Ademais, não abandono inteiramente os métodos comuns de alimentação. Não é possível!

— Não há dúvidas, doutor! O senhor sabe que o governo está em economias e não pode atendê-lo. Em todo o caso, o Estado tem uma casa disponível com um razoável quintal, à rua Conde de Bonfim, e em pequena escala, o senhor podia experimentar. Vá ver a casa.

Inútil é dizer que Bogoloff não tinha nenhum interesse em por em prática as suas fantásticas ideias. Foi ver a casa e fez um relatório completamente desfavorável. Nem outro podia ser. A casa era um pardieiro arruinado e o quintal tinha para pastagem algumas moitas, desse capim que chamam de "pés de galinhas". Aconselhou-lhe o ministro por essa ocasião:

— Doutor, não se aborreça. Ninguém mais do que eu conhece as vantagens do seu processo, a barateza que ia trazer para um gênero de primeira necessidade, mas o governo está em apuros, está cortando as despesas... Sinto muito, mas... Olhe: faça como eu, escreva regulamentos... Se não quiser... Se não quiser, aconselho que se ocupe com o expediente ordinário de sua repartição e espere um pouco.

Bogoloff viveu assim feliz e tranquilo. Os cruéis acontecimentos que o envolviam não despertavam nele os ardores generosos da primeira mocidade, que tanta amargura havia sofrido. Nascera em Kazan, na Rússia, onde seu pai tinha um "sebo" que lhe dava os parcos recursos necessários à subsistência de ambos.

Aquele contato com os livros desde quase o seu nascimento, dera--lhe "fumaças" e a inaptidão do intelectual de origem obscura para o esforço seguido, quando se choca com o meio naturalmente hostil. Fez o seu curso na faculdade de Línguas Orientais da Universidade em que Lobatchevsky[63] afirmou, com rara coragem intelectual e grande vigor, que, por um ponto fora de uma reta se podiam tirar várias paralelas a essa reta.

Anos passou dentro dos seus "inocentes sonhos" de quimeras de justiça e de fraternidade. Inutilizou-se; fez-se honesto de pensamento e de coração. Acabado o curso, não sabia fazer nada; viveu encostado ao pai sem atinar como havia de empregar o seu persa e o seu tártaro.

Travou conhecimento com revolucionários, frequentou-os nos cafés, estimou alguns, foi tido por suspeito; e, quando houve um atentado contra a vida do governador da cidade, foi com outros parar à cadeia, a fim de ser escolhido aquele cuja cabeça devia ser perdida para que a majestade do Estado não fosse manchada.

Verificaram que nada tinha com o caso, soltaram-no. Rolou de cidade em cidade depois de ter perdido o pai. Por fim, veio para o Brasil para sossegar e morrer.

Não tinha mais escrúpulos; e se não cobria humanidade com desprezo, desprezava-se a si mesmo, não se detendo diante de empecilho moral, senão daquele que fosse castigado pelo Código.

A terra era boa e plana; e ele não se incomodava em saber se era bem governada ou mal.

---

63 Referência ao matemático Russo Nikolai Lobachevsky (1792-1856) [N.E.]

Ia vivendo com a sua liberdade interior, perfeita e completa.

Não empregava os processos ultra cínicos de Fuas, mas pouco se interessava pelas suas questões. Fuas, porém, fingia interessar-se, tomava partido, indignava-se, chegava-se a este e àquele, mostrando dedicação a ponto de fornecer aos bisonhos prazeres requintados de casas de ópio que ele mesmo montava com o auxílio de velhas cocotes conhecidas, ou desbragadas orgias, tendo por convivas "*parvenus*"[64] que iam para elas sem o enfado de viver e a embriaguez do poder de patrícios romanos, mas com a grosseria da sua falta de cultura e a inquietude das estreitas preocupações do momento. Os seus convivas eram senadores amatutados, ricaços que, há trinta ou quarenta anos, não pensavam senão em trapaças *honestas*, traficantes de todos os matizes e aventureiros de todas as cores. Este era dos seus mais seguros processos de arranjar dedicações e seguros protetores para os seus negócios.

Outros processos de que lançava mão era perder propositadamente no pôquer, quando queria obter do parceiro influente proteção para um grosso negócio. Com Bastos, acontecia quase sempre isso. Vivendo assim, de rendosos expedientes, pouco se lhe dava que as coisas marchassem bem ou mal. Se as dele iam bem, estava satisfeito; se não, procurava fazer com que caminhassem a seu contento, por qualquer meio que fosse.

Nem todos, porém, eram assim; nem todos tinham a indiferença filosófica de Bogoloff e o secreto desdém do hipócrita Fuas pelas coisas do Brasil. Benevenuto, que sempre fora totalmente contrário aos conluios políticos, que mesmo duvidava da pátria, sentia dentro de si energias até agora sopitadas. Aquele espetáculo de subserviência geral, aquele amordaçamento da opinião, aquela série de delitos de toda a natureza, reagiram sobre ele e tiraram-no do seu quietismo.

A revolta era contra os oprimidos e contra os opressores, mais contra estes, pois eram reincidentes na sua opressão, feita sem ideal, sem desejo de realizar grandes obras, mas instigadas unicamente por

---

64 Em francês, termo pejorativo para "alpinista social" [N.E.]

uma pueril vaidade e justificada com sentenças cheias de heresias liberticidas.

Os últimos sucessos escandalizaram-no; ele tinha como que remorsos deles, vergonha, sem ter tomado parte direta ou indiretamente neles. Acusava o seu silêncio, julgava-se covarde e, com a sua covardia, responsável por tudo o que de sangue, de opressão, de força bruta e selvagem se anunciava.

Sozinho naquela noite, em sua casa, não pôde ler os seus livros habituais. Os seus olhos mareavam-se ao contemplar os seus livros e os seus quadros. Havia como que sentimentos da impotência do pensamento, da cultura, do sangue dos mártires e das vigílias dos sábios, para melhorar a nossa condição... Fumava...A luz elétrica brilhava segura. Contemplou um grande mapa do Brasil à parede... Ele estava na sombra. Pensou em dormir; mas viu bem que a sua angústia de alma não o deixaria conciliar no sono.

Saiu do Catete onde morava. Veio a pé bordando o mar. O céu estava povoado pelo luar. Benevenuto rodava o cais a olhar, ora aquelas casas sombrias, fechadas, adormecidas; ora, o mar, coberto de densa película clara, com manchas espaçadas, mais brilhantes, aqui e ali. As luzes esféricas de Villegagnon[65] brilhavam muito azuis no seio do luar prateado. As montanhas muito negras, que a fosca claridade da lua fixava melhor o seu negrume, erguiam- se em Niterói; eram muralhas, ameias de um castelo fantástico em cujos altos torreões sentinelas vigiavam a muda obscuridade das planícies que se supunham do outro lado. A rua da Lapa iluminada, agitada pelo trânsito, tomou-lhe os passos.

Uma dama, vivendo dentro de uma atmosfera inebriante de perfumes fortes, cortou-lhe o caminho e perturbou-lhe por momentos o seguimento das ideias e o vôo dos seus desejos.

Outras passaram estonteantes de irritantes perfumes, vestidos farfalhantes, altos chapéus, como velas enfunadas ao vento propício.

65 Referência à Ilha de Villegagnon, situada na Baía de Guanabara [N.E.]

O largo da Lapa tinha a sua habitual agitação noturna e o seu trânsito; lá, mais além os Arcos, o aqueduto — um pontilhão sobre o lago infernal em que as almas ardiam como corpos e os corpos como miseráveis fragmentos de palha.

Os botequins estavam cheios; as garrafas espocavam; músicas fanhosas e cansadas esforçavam-se por dar compasso e medida àquela agitação; os carros dormiam às portas dos clubes e os automóveis passavam céleres; o Passeio Público esperava o dia para o encontro dos amorosos e dos namorados inocentes.

Benevenuto entrou num café, quis encontrar, no atordoamento e na alegria dos outros, o pensamento calmo que lhe fugia. Um instante viu aquelas mulheres, aqueles chapéus, aquelas plumas; e o seu pensamento continuou triste. A lua se ocultara.

Continuou a descer, encaminhou-se para a cidade. Avenida. O Teatro Municipal enterrava-se um pouco mais. Tubos de borracha sobre patins de roda lavavam o asfalto e os lavadores viam com indiferença a sua vagabundagem atormentada.

Na estação do Jardim, os bondes demoravam-se mais um pouco a reconhecer o lugar e a rua do Ouvidor já tinha, aqui e ali, os seus ambulantes cafés noturnos. Foi no largo de São Francisco que notou alguma coisa de anormal na cidade. Doidas galopadas de moleques, correrias de garotos com a cabeça ao ar provocaram-lhe a curiosidade. As ruas se animavam. Bandos de homens, mulheres, corriam, apressavam o passo. Plácidas travessas de medíocres movimento agitavam-se como em dia de festa. Que era?... Diziam: é grande... é na rua do Senado... na rua do Riachuelo... E ele tinha com grande dificuldade a explicação para aquela estranha excitação de gente de condição mais vária, naquela hora. Que seria? Era um incêndio. Por sobre as casas, viu um penacho de nuvens negras. Às vezes, na base, percebia-se uma barra alaranjada de ouro. Tomou um bonde no Campo do Santana, distinguiu nitidamente o incêndio. Existiam no edifício queimado ingredientes químicos. Era deslumbrante. No fogaréu havia tal variedade de vermelho que foi como se coroasse o cone ardente de um vulcão em erupção. No núcleo central, por cima dos telhados, a chama era rubra com os tons de ouro, para as bordas, cor de laranja; e, alçando-se assim, quase ao topo do morro que iluminava, transformava-se em novelos negros, leves, a voar ao vento ligeiro que soprava.

Um enxame de fagulhas subia, brilhantes e vivas, até muito alto; e, no céu pardacento da fumarada negra, brilhavam como estrelas ígneas.

A uma oscilação da chama, o fundo verde do morro se descobria e o casario branco da encosta surgia numa visão de teatro. Um pouco em frente, as barras de um andaime dividiam o campo chamejante em quadrículos e a torre azul de São Gonçalo Garcia erguia-se no seu suporte de pedra. Viam-se os sinos aureolados de fogo e o cruzeiro desenhava-se no céu cinzento de fumaça. O povo continuava a correr. Havia nas frases, nos gestos, no andar, alegria e curiosidade. Todos corriam...

Onde é? Onde é? No Tribunal... Na Avenida... Na Ordem do Carmo... E corriam mulheres, homens, roçando-se, empurrando-se, mas sempre com ternura em comunhão, quase sempre aos abraços; e, por aquela multidão, ao fogaréu que braseava forte, perpassava um desejo de carícia, de beijos de amor — tal em nós é a força com que a destruição desperta nas nossas almas a necessidade da eternidade. Velhos cultos ancestrais do fogo sagrado do lar, do fogo elementar do Céu, da fogueira comum, trabalhavam aquelas almas, más e inocentes, perversas e piedosas, de gente vinda dos mais estranhos climas, das raças mais variadas, de pessoas de cultura mais diversa, para contemplar o magnífico espetáculo do fogaréu violento. Da eterna morte vem a eterna vida, e o sacerdócio daquela é o sacerdócio desta... Destruído um milhão, em pouco, dos despojos deste, surgirão os vencedores e os perfeitos...

E o povo na rua, aos "cordões" carnavalescos, cantando, gritando, corriam para o fogaréu e os que lá chegaram em primeiro lugar, espantavam para dentro do prédio incendiado os burros que dele fugiam espavoridos.

De onde em onde, uma máquina dos bombeiros, arrastada por burros, abria, por entre a multidão excitada, um sulco, deixando um rastilho de fogo.

8

A reação da opinião pública à candidatura de Bentes era tão forte, tão geral e tão intensa, que o aparelho de compressão governamental não se julgava suficiente para vencê-la. Num país em que nunca foram contados os votos para a eleição dos seus representantes, os adeptos de Bentes temiam que o fossem pela primeira vez e derrotado o candidato do sindicato. Por todos os processos procuravam-se obter aderentes, e estes podiam contar com os favores mais inesperados do poder e da administração.

Liberato era coronel da Guarda Nacional e o velho chefe político de uma longínqua freguesia do Rio de Janeiro. Nela, em Cambuci, estava habituado a vencer ou simular vencer, sem protesto, as eleições. De uns tempos a esta parte, porém, o seu prestígio decaía e os eleitores se insurgiam contra o seu mando infecundo e nocivo. Tendo chegado a época de escolher novos vereadores, Liberato temeu uma derrota mais completa, tanto mais que Cambuci, como o resto do país, se rebelava contra a ascensão de Bentes. Liberato, logo em começo, avariado como estava no seu prestígio, tratou de hipotecar seus préstimos a Bentes, por intermédio de Campelo. Escusado é dizer que foram bem recebidos e em troca ele pôde contar com o apoio incondicional dos promotores da candidatura Bentes.

Aproximando-se o dia da eleição dos vereadores, Liberato verificou que, apesar das ameaças, muitas seções do seu distrito não lhe registrariam os votos que precisava para a vitória total. Convém não esquecer que as eleições são as mais vezes simuladas, que os mesários as fazem ao sabor de suas conveniências partidárias e raro se consegue apurar a votação que as urnas recebem efetivamente.

Sabendo que algumas seções resistiam às suas ameaças e ao suborno governamental, Liberato entendeu-se com Campelo e outros chefes de primeira categoria que o animaram a proceder da forma que entendesse, contanto que o partido fosse o vencedor.

O velho coronel julgou melhor armar uma emboscada. Apossou-se com antecedência do edifício público em que ia funcionar o colégio eleitoral, estudou-lhe os aposentos, organizou seteiras[66] e, no dia do comício, estava lá o seu bando por trás das portas e paredes, gatilho no dedo, canos em seteiras invisíveis sobre os eleitores descuidados.

Em dado momento, em hora aprazada, a descarga foi feita; caíram feridos e mortos e o médico que Liberato tinha alugado não tivera serviço porque aqueles foram só entre os adversários do velho coronel.

Exata manobra política indignou a cidade e a opinião, mesmo sem conhecer a forma atroz com que fora armada a tocaia; mas Liberato não se incomodou muito, pois o inquérito policial nada apurou — não se sabendo mesmo se tinha sido feito.

Houve quem dissesse que isso estava no programa de Bentes, mas não era verdade. É certo que Lucrécio já tinha avisado do que ia acontecer a Bogoloff, convidando-o até a vencer os honorários médicos que Liberato piedosamente oferecia; mas dizer que tal proeza estava no manifesto de Bentes, é inverdade que não se sabe bem como foi gerada.

---

66 Mesmo que frestas, ou aberturas [N.E.]

O programa de Bentes era até lírico, cheio de utopias e a candidez de suas intenções não se quadrava com certas atitudes de seus adeptos. Do que havia necessidade era impedir que os cidadãos dissessem nos jornais, pelo menos, que não queriam o paraíso que ele prometia. Seria bem fácil convencer o país com os processos mais comuns de baionetas e garruchas; mas tal não quiseram e tentavam uma catequese em que os incidentes como esse de Liberato não foram os únicos.

As urnas deviam manifestar-se; e, como sempre nas suas manifestações havia sangue, tratou-se de lhe aumentar a quantidade em relação à espontaneidade do candidato e da popularidade do partido que o apoiava.

Se os seus oposicionistas recebiam manifestações da cidade inteira, Bentes era aclamado muito decentemente por grandes caudas de carruagem de enterro.

Riam-se os filósofos de um esforço tão inutilmente dispendido e não esqueciam nunca de lembrar o célebre pensamento de La Rochefoucauld[67]: "A hipocrisia é a homenagem que o vício presta à virtude".

É difícil de dizer todas as belas coisas que Bentes prometeu no seu programa. Leu-o num dos mais luxuosos teatros da cidade que, por sinal, nesse dia para nele entrar não se pagavam bilhetes. Fuas disse, ao dia seguinte, que era uma peça magistral, valendo ouro os seus conceitos e as suas arrojadas tentativas de engrandecimento do país.

Se valiam ouro nem todos podiam garantir, mas que prometiam despesas avultadas é fácil de afirmar.

Um dos seus propósitos mais altos era melhorar a navegação interior do Brasil. O seu interesse era pela bacia do São Francisco. Notava Bentes que os seus rios serviam cinco Estados do Brasil, interessando alguns mais; e, entretanto não tinham merecido até ali a atenção dos poderes públicos. Notava ainda que nessa portentosa bacia vivia uma população enérgica, ativa, corajosa, e o governo tinha

67 Referência ao moralista francês François de La Rochefoucauld (1613-1680) [N.E.]

o dever de auxiliá-la. O seu primeiro cuidado, se fosse governo, seria torná-lo navegável da foz à nascente, destruindo a dinamites e outros explosivos a cachoeira de Paulo Afonso e outros obstáculos que lhe impediam o livre aproveitamento pelos barcos.

O outro seu alto propósito tendia a homenagear a mulher brasileira — esse exemplo extraordinário de mãe, dizia o manifesto; e havia de fazer, quando chefe do executivo, distribuição gratuita de brinquedos às crianças, desde que tivessem mães — continuava a dizer o manifesto.

Não eram ideias comuns as que aventou e nem tão pouco inviáveis; o que havia nelas era um altruísmo exagerado que muito desgostou os seus adeptos. Fuas dissera mesmo que era o seu programa, um programa de ideólogo; se não fora a experiência que já tinha a opinião conservadora de sua capacidade de administrador, as ideias do general deviam pô-la de sobreaviso.

Afirmou com uma coragem de inovador que nunca as ações consultariam a economia política e muito menos as finanças; que o país era soberbamente rico e não devia obedecer a essas tiranias espirituais criadas nos caducos e pobres países da Europa.

Fuas ainda disse no seu memorável artigo que essa opinião era de sábio, e, para ela, deviam voltar a sua atenção os eruditos rotineiros, adstritos às coisas misantrópicas do Adam Smith[68] da *Wealth of Nations*. Citou vários exemplos negando que a riqueza fosse o trabalho acumulado.

A esfuziante profundeza do manifesto foi recebida pelo país inteiro boquiaberto, e Numa, na Câmara, defendeu-o dos ataques da inculta oposição. A sua defesa foi lógica e consistiu unicamente em pedir que esperassem a execução para se obter um critério seguro da certeza das proposições avançadas por Bentes.

D. Edgarda, mulher de Numa, não andou muito contente uns dias; ela os passou recolhida à sua biblioteca a ler e a pensar.

---

68 Referência ao filósofo escocês Adam Smith (s.d. -1790) e seu célebre artigo, em tradução livre *A riqueza das nações*, publicado em 1776 [N.E.]

Os livros estavam fora dos seus lugares nas estantes; viviam pelas mesas, pelo chão, abertos, com arcas à vista; e um tal aspecto era mais o da biblioteca de um sábio em desesperada polêmica que o da de uma senhora que faz plácidas leituras.

Essa preocupação de estudo e exame não foi a de Inácio Costa. O ardente republicano, fundador da República, que foi ao lado de Benjamim Constant, não sentiu absolutamente na plataforma nem grandes coisas nem motivos de dúvida. Aquilo era uma simples cerimônia e não precisava mesmo Bentes cumpri-la, porque bastava inspirar-se nos grandes antecedentes históricos de Benjamim, Tiradentes e Floriano, para fazer um bom governo.

— Bogoloff — dizia ele, certa vez ao russo, no seu gabinete —, os vivos são sempre e cada vez mais governados pelos mortos. Os metafísicos não querem concordar e têm perturbado a marcha ascendente da humanidade, a completa passagem do período metafísico para o científico industrial. Essas preocupações dos legistas retrógrados não são mais da nossa época. A grande síntese social que Comte estabeleceu, completando Condorcet por De Maistre, demonstra perfeitamente isso. Bentes tem razão em fugir à pedantocracia universitária... Bastam os exemplos! Floriano...

— Que fez Floriano?

— Não sabe? Foi o maior estadista que tivemos.

— Quais são as suas obras?

— Manteve a forma republicana federativa com uma energia verdadeiramente republicana. Era um estadista moderno... Quer saber de um ato dele?

— Quero.

— Você vai ouvir. Como o marechal precisasse de dinheiro para fazer face às urgentes despesas que a revolta acarretava, mandou que o Tribunal de Contas registrasse um crédito de que ele tinha necessidade. O presidente do Tribunal negou-se formalmente a dar a sua assinatura ao tal pedido, por não estar de acordo com as leis. O ministro da Fazenda, ao saber dessa resolução, foi comunicá-la imediatamente ao marechal. Floriano não gostou; mas, sorridente, pediu ao ministro que conseguisse do presidente do Tribunal ir ter com ele uma conferência. Na manhã seguinte, muito cedo, estava no Itamarati o presidente do Tribunal de Contas. Floriano recebeu-o muito amável e mostrou a situação do governo e a urgente necessidade que havia de tal crédito. O presidente, inabalável, disse que não assinava o pedido, pois era ilegal, inconstitucional, que era isto, que era aquilo. Floriano ouviu tudo muito calmo e, em meio ao discurso do presidente bateu na testa e perguntou:

"— O senhor é o doutor Fulano?

— Sim, senhor — respondeu o presidente.

— Ora, doutor, queira me desculpar. Esta minha cabeça anda tão cheia de atrapalhações!... Não era com o senhor que eu queria falar, era com o seu sucessor.

— Como? — perguntou surpreso, o ministro do Tribunal.

— É verdade, doutor, o senhor está aposentado desde ontem".

E assim foi. Nessa mesma tarde, com data do dia anterior era publicado um decreto que declarava aposentado o presidente recalcitrante. Era assim Floriano! Isso é que é um estadista, Bogoloff!

E Inácio Costa bateu-lhe no ombro e saiu do gabinete, abanando o seu fraque preto. Continuava Bogoloff a trabalhar intensamente no ressurgimento da pecuária nacional.

O seu campo de experiência era limitado a um salão e os laboratórios eram constituídos por um armário cheio de regulamentos que Xandu expedia aos montes.

Desde a manhã até às quatro horas, passava a ler, assinando de quando em quando um ofício que o secretário trazia, porque a Diretoria estava constituída do diretor, secretário e um bando de escriturários. De bois ainda não se cogitava, e Bogoloff não se aborrecia.

As visitas de Inácio Costa eram constantes e vinham quebrar a monotonia das horas em que o russo passava no gabinete. Ele ouvia com paciência as suas conversas políticas, observava-lhe as opiniões e surpreendia-se com elas. Verificou com singular assombro que Inácio tinha do governo uma concepção paternal de "*mujik*"[69]; que o seu desejo era entregar todos os poderes a um só, a um tirano e que esse tirano fosse um militar. Não compreendia que um homem como ele, que se dizia republicano, democrata, tivesse semelhante ideia de república. Inácio se supunha ilustrado, culto; entretanto, desprezava todo o ensinamento, todo o esforço dos homens de pensamento em restringir a autoridade, o poder total de um só.

Inácio parecia não se ter apercebido dessa feição dos governos modernos, dessa necessidade de contrapesos, de recíproca fiscalização entre os depositários do governo, para que nenhum fosse efetivamente governo. Acusava de retrógrados os que a queriam, mas nele é que havia uma volta ao governo absoluto dos orientais.

Essa sua mórbida admiração por Floriano era tanto ingênua quanto sem razão. Como esse homem era estadista eminente e não tinha deixado nenhuma obra de estadista, obra que redundasse em benefício geral, que tendesse para a felicidade dos povos, na expressão de Bossuet[70]? Como ele tinha mantido a ordem republicana, se atentara contra os tribunais, os parlamentos, as leis, e queria tudo isso curvado à sua vontade? Não era bem República que Costa queria; Costa desejava o regime russo ou melhor dos *knatos* tártaros.

Curioso é que na Rússia os avançados sonhassem com constituintes, tribunais independentes, ministros responsáveis e os que aqui se julgavam avançados não quisessem todo esse aparelho governamental...

A Revolução, que teve como um dos seus grandes escopos o estabelecimento de uma constituição escrita que limitasse o poder real, era armada por Costa, como?... Não se sabia bem como e por quê. Costa falava muito em princípios republicanos; mas a República na sua cabeça era um ídolo oco, vazio de significação, já não tinha mais

69 Diz-se do camponês russo, normalmente atribuído à condição de pobreza [N.E.]

70 Referência ao francês Jacques-Bénigne Bossuet (1627-1704), considerado um dos principais teóricos do absolutismo [N.E.]

fetiche, não era mais nada senão uma simples palavra — um palavrão que soava aos seus ouvidos mas que não continha uma ideia segura.

Não se pode bem dizer que fosse totalmente vazio; havia nele, no ídolo, alguma coisa: um desejo imoderado de sangue, de violência, de carnificina. Os sacerdotes não sabiam mais por que ideia, por que concepção imolavam a Moloch; mas continuavam a imolar com o automatismo de sacerdotes de crenças mortas, e mais ferozes até.

O que se contava de crueza empregada para vencer a revolta, igualava, se não excedia, às execuções russas; e com uma diferença: é que lá sempre houve uma forma de julgamento, mas na daqui, nenhuma!

Bogoloff, velho anarquista, compreendia que se pusesse em dúvida a lei, que se a condenasse... mas querer o Estado sem lei, admitir o despotismo como progresso, não querer restringir o governo, era absurdo, que não compreendia em inteligências tão medrosas da palavra rei ou imperador.

De resto, aquela superstição de virtudes especiais do militar tinha uns restos de concepção de nobreza, de classe privilegiada, muito de admirar na mentalidade de um republicano.

Alongava-se o russo nessas considerações quando o cansaço mental levou-o a ler um jornal. Ele os lia durante as horas que administrava a Pecuária Nacional com vagar e distraído. Na primeira leitura, não lhe tinha caído sob os olhos aquele trecho. Leu:

> *"Agita-se agora a sucessão presidencial do Estado das Palmeiras. Com a resignação do cargo pelo senador Macieira, presidente eleito, a curul*[71] *governamental daquele Estado, deve ser preenchida brevemente, por meio de eleição. A abandalhada oligarquia que faz a infelicidade daquela terra quer levar para o palácio das Pitangueiras a inválida figura do deputado Malaquias. Há nisso uma indecente manobra de Macieira. Não estando certo de que maneira o honrado general Bentes irá proceder com estas pustulentas oligarquias, resignou o poder para ficar aqui no centro, neutralizando a ação purificadora do governo que vem; enquanto isso, punha lá Malaquias,*

71 Diz-se da cadeira onde se senta a pessoa com cargo mais elevado [N.E.]

tio-avô da esposa do futuro presidente. Nós nada temos a dizer quanto ao sr. Malaquias, a não ser que é uma figura apagada na política; mas, quem devia ir reger os destinos de Palmeiras, era o Coronel Contreiras, também parente do honrado general Bentes, possuidor como ninguém de uma brilhante fé de ofício com o curso de estado- maior, e engenharia, tendo no peito medalhas que muito recomendam os seus serviços de guerra. Além de tudo, o coronel Contreiras é um homem honesto, que tem vivido até agora do seu soldo, apesar de ter passado por boas comissões, e é filho do venerando José Maria".

Esta notícia, ou como se diz nos jornais, esse "suelto", fora lido com espanto por todos os que se interessavam pela política. Tinha cerca de dez ou quinze anos que se perpetuavam na presidência do Estado das Palmeiras os protegidos de Macieira e o próprio Macieira, não tentando ninguém disputar-lhe a indicação. Tinha-se o fato como uma lei e aquela lembrança que não podia ser Malaquias, mas Contreiras, longe de ser tomada como uma coisa sem valor, ganhou importância e foi discutida.

Lucrécio Barba-de-Bode que ainda descansava dos muitos vivas que dera a Bentes, quando foi a um prado de corridas, leu a notícia em casa, pois agora mais se demorava nela pela manhã afora.

Morava na mesma casa da Cidade Nova e tinha as mesmas pessoas em sua companhia, exceto Bogoloff, que resolvera morar numa pensão do Catete, depois de ter sido feito Diretor da Pecuária. Quisera este obter para Lucrécio um lugar na sua diretoria, mas só os havia de escriturário e Barba-de-Bode não quisera aceitar, por não saber escrever correntemente.

Totonho tinha prometido colocá-lo definitivamente desde que Campelo se firmasse.

Era bem possível que o doutor viesse a ser ministro, e, em o sendo, Lucrécio ficaria arranjado de vez. Totonho pedia-lhe que esperasse pacientemente, que se dedicasse a posição de "encostado" — e ele o fazia fiado, nas palavras de Totonho e na estrela do dr. Campelo.

Com o tempo, Lucrécio ganhara certa inteligência política. Ele que, a custo, tinha ido até a tabuada, ficou sabendo muito da difícil arte de governar os povos. Passara muito além a sua inteligência do capítulo dessa arte que trata das desordens nas eleições e "*meeting*", com assassinatos consequentes: Lucrécio já compreendia certas manobras da alta estratégia dos deputados.

Lendo a notícia, lobrigou Barba-de-Bode alguma coisa de anormal nela. Como toda gente, ele estava habituado a considerar Palmeiras como sendo de Macieira, porque cada Estado era de certos e determinados que o presidente dava. Não se dizia até que Bentes tinha dito ao Crescêncio:

— Doutor, não lhe posso fazer ministro; mas dou-lhe o Sernambi.

Palmeiras era de Macieira desde muito tempo; Bentes tinha confirmado a doação — como é que agora o presidente que Macieira queria para o Estado podia sofrer contestação. Ele sabia perfeitamente que a propriedade desses homens é sempre disputada. Ninguém lhes disputa a casa, o casaco, as joias; mas os Estados, há sempre uns trambiqueiros que lhes disputam. A Neves Cogominho era Salustiano; mas o Macieira ele não sabia quem fosse. Conhecia o coronel Contreiras... Era um oficial limpo, alto, severo... Que ele se metia em política, Lucrécio não sabia. É verdade que Bentes... Mas Bentes! Bentes tinha o exército em peso...

— Não é possível! Não é possível!

E atirou com fúria o jornal para o lado. Apanhou-o ao fim de algum tempo. Leu o tópico de novo e de novo exclamou:

— Não é possível! Não é possível! É intriga!

A mulher, que trabalhava na cozinha, não se conteve e observou lá de dentro.

— Você está doido, Lucrécio!

— Qual doido, Angela! Qual doido! Você não sabe o que é a política.

— Homem... filho, eu não sei mesmo o que seja e nem quero saber. Se é como essa coisa do Cambuci, fresca história! É mesmo uma vergonha!

— Isso é política do Liberato. A minha política é outra... Você conhece o doutor Macieira?

— Não.

— Aquele que arranjou o Lúcio na Escola dos Desvalidos.

— Que aconteceu com ele?

— Querem lhe tomar a chefia das Palmeiras.

— Mas ele não é do general?

— É, minha filha; mas tem muitos invejosos... Não falta quem o vá intrigar com o general...

— Eu não dizia, Lucrécio?

— O quê?

— Que esse general não prestava. O que ele fez com o "Velho" não é de homem bom; é de malvado... Ninguém mais pode fiar-se nele... Quem faz um cesto faz um cento, fique você sabendo.

Lucrécio nada respondeu. Deixou pender a cabeça sobre as mãos, apoiados os cotovelos no joelho, e esteve a olhar muito tempo o soalho encardido de sua casa velha.

Se Lucrécio se preocupava com a notícia, Macieira muito naturalmente havia de avaliá-la por todos os aspectos. O jornal que a estampara era um dos mais lidos na cidade, tinha grande prestígio nos meios políticos; e, certamente, se não traduzia um desejo de Contreiras, manifestava o começo do plano dos seus inimigos para tomarem-lhe o lugar. Na redação do jornal estava o José Pedro, que nascera no Estado; mas nunca Macieira o viu com desejos de figurar na política e muito menos que fosse contra ele. Ao contrário: pedia-lhe informações, dava-lhe notícias tendenciosas e como patrício inteligente, frequentava-lhe a casa, como a de Contreiras, que também nunca deixara perceber que queria ser qualquer coisa no Estado. Toda a gente — imaginava ele — quer ser político, e os meninos dos jornais não pensavam senão em sê-lo. Veem os seus patrões deputados, senadores, escrevem também e se propõem também a sê-lo. Ademais, a candidatura de Bentes foi imposta da mesma forma que a de Contreiras. Lançara-a um qualquer num jornaleco, *A*

Cimitarra, de uma cidade longínqua; começou a falar-se nela, tomou vulto e eles tiveram que aceitá-la. Aproveitou-a como salvação, agora, porém, estava vendo que a arma se voltava contra ele.

Arlete ainda não tinha saído do quarto e Macieira já se havia embrenhado mil vezes nessas considerações. Arlete que, tantas vezes, interviera para salvá-lo de dificuldades, agora lhe parecia impotente. Se estivesse em casa, seria pior... Quando acontecia surgir-lhe essas dificuldades matutinas, em casa de sua mulher, ele as achava mais difíceis. Dormir fora era para ele dormir na sua casa legal... Pensou em procurar Bentes, em pedir-lhe francas explicações do caso. Quem podia, porém, fiar-se em Bentes? Prometia e... Seria melhor rodeá-lo, correr aos amigos...

— Arlete!

— Que é?

— Já vou.

— Já, "*mon cheri*"? Que há?

— Querem me derrubar.

— Oh! Que coisa! "*Mais, mon Dieu*!"... É coisa assentada já, "*cheri*"? Que é?

— Não sei. Está aqui nos jornais...

— Qual! O país de vocês não presta para nada... É mesmo porcaria... Então você que é tão bom, vai sair! Será o general?

— Não sei, Arlete.

— É ele... "*Sale type*"!

Macieira vestiu-se apressadamente e encaminhou-se para a casa de Neves Cogominho. A situação delicada da política exigia movimentos rápidos, a ação pronta e o chefe da polícia de Sepotuba resolvera deixar Petrópolis. Habitava agora a casa de Humaitá, que ficava próximo da de Bentes, podendo em minutos alcançar este, aparar o golpe que lhe quisessem desferir. Neves Cogominho não aceitara a candidatura de Bentes com muita satisfação. O processo pelo qual o general se impusera tirava a força e o valor políticos dele, Cogominho. Compreendia perfeitamente que ele e os seus colegas não tinham feito mais que ratificar uma escolha de quartéis, imposta sob disfarçada ameaça de uma revolução. Bentes estaria sempre disposto a apelar para a violência, para a coação, e desprezar portanto os conchavos de votos, as compensações políticas. Sentia como certo que o bastão de chefe ia escapar-lhe das mãos; sentia também que lhe escaparia da mesma forma se se tivesse recusado a homologar a imposição. Aderindo, simulando admirador de Bentes, ao menos podia salvar alguma coisa, se não de toda a sua autoridade política, ao menos amparar o genro que começava agora a carreira.

Até aqui Salustiano ainda não pudera avançar um passo; ao contrário, aproximava-se cada vez mais dele. Acreditava que isso fosse devido a conselhos de Bentes, pois que o general sempre dizia que a sua missão era harmonizar a família republicana. Certamente, Salustiano queria ser deputado. Neves Cogominho estava disposto a fazê-lo; e assim golpeava a efetiva oposição do seu Estado que festejava Salustiano para feri-lo. Na Câmara, Salustiano seria como os outros; e, não podendo dispor de empregos e concessões não organizaria um partido forte que pudesse abalar o antigo prestígio do sobrinho do venerando Frutuoso.

Lendo, porém, aquele "suelto", Neves Cogominho verificou que as suas considerações podiam ser burladas. O processo estava claramente indicado. Um repórter levantava o nome de um coronel, parente ou não de Bentes, para presidente, e, naturalmente, o general, por camaradagem e espírito de classe, dava a mão forte a esse coronel. Chegado este ao poder não iria com toda certeza receber o santo e a senha dos chefes, mas agir a seu modo, com a arrogância de militar e inspirar-se na crença íntima de que era infalível por ser militar.

Tendo tomado no devido valor a meditação, Neves Cogominho resolvera confabular com o seu amigo Macieira. Esperava encontrá-lo no Senado; Macieira, porém, veio procurá-lo em casa.

— Eu já esperava você — disse Neves. — A notícia do *O Intransigente* devia ter posto a pulga na sua orelha.

— Não sei bem o que hei de pensar dela. Neves, você sabe perfeitamente com que antecedência adotei a candidatura de Bentes... Muito antes de vocês; e pode-se mesmo dizer que, nos meios políticos, fui dos primeiros a toma-la a sério. O Bastos...

— É verdade o que diz Bastos? Você já falou com ele?

— Ainda não... Estou saindo de casa... Como ia dizendo: Bastos ainda não a julgara objeto de cogitação e eu já a tinha como excelente.

Numa sabendo que Macieira estava em casa, veio ao encontro do senador e da sua desdita. Estava justamente Macieira a relembrar sua ação na candidatura do general, quando ele entrou. Macieira acrescentou:

— Está aqui o dr. Numa que se lembra perfeitamente dos esforços que fiz, para que você adotasse Bentes em vez de Xisto. Não foi, dr. Numa?

— É a pura verdade — fez Numa. — Lembro-me bem de que até o senador procurou-me mais de uma vez na Câmara.

— Por que você resignou a presidência, Macieira? — fez Neves.

— Ora, por quê? Havia tantos boatos. Tantos enredos que julguei melhor ficar aqui.

— Vigiando — completou Numa.

— Vigiando — confirmou Macieira.

— Pois você quer saber de uma coisa, Macieira? — disse Cogominho.

— Que é?

— Você fez mal. Eu, no seu lugar, ia para lá. Estava eleito e tomava posse.

— Mas estavam as eleições federais à porta...

— Que tinha?

— Era preciso trabalhar no reconhecimento.

— Você trabalhava mesmo de lá...

Numa interrompeu:

— Ou senão, depois de ter tomado posse, o doutor pretextava licença e vinha até aqui.

— Eu não queria era abrir vaga no Senado.

— Por quê? — indagou Numa.

— Que tinha a vaga? — fez Cogominho.

— Que tinha? Pois você sabe que o Torres, que nunca prestou serviços ao Estado, que nem lá nasceu, já andava se empenhando com Bentes para ser senador.

— Quem disse a você?

— Bastos.

Cogominho olhou muito seriamente para Macieira, como se tivesse entendido mais do que as palavras diziam.

— Creio — disse Numa —, que o general não se deixará levar por esses bajuladores. Ele há de ter na consciência gratidão por nós que o temos apoiado e o apoiamos.

Os dois senadores não quiseram dizer coisa alguma e o silêncio pousou sobre os três.

D. Edgarda veio cumprimentar a visita do pai;

— Já sei, doutor, que não vão. D Celeste disse-me…

— É verdade.

— Resolveu ficar, então?

— Que remédio!…

— Macieira — interrompeu Cogominho —, qual é a tua opinião franca sobre Bentes?

— É um bom homem.

— Isso não basta — observou Numa.

— Todos são bons — acrescentou Edgarda. — A questão é que sejam sempre bons.

— Para mim — disse Neves. — Eu não me fio muito nele.

— Nem eu — disse com pressa Macieira.

— Agora — aduziu Numa —, o que ele fez com o "Velho" não foi leal.

— Parece que não se deve muito contar com a lealdade dele — pontuou Edgarda. — O que se deve fazer é que ele não possa ser desleal. Aparar os golpes, preveni-lo das intrigas, isso sim!

— Mas, menina — obtemperou vivamente Macieira. — Nem sempre isso é possível.

— Como?

— Seu pai sabe.

— Que há?

— É isto, Edgarda: Macieira queria por na província das Palmeiras o velho Malaquias; andam agora a insinuar que deve ser o Contreiras...

— O coronel?

— Esse mesmo.

— É parente de Bentes — disse Numa.

— Certamente é uma balela — duvidou Edgarda.

— Não é. Há alguma coisa por trás disso tudo.

Macieira não acabou de dizer isto, quando Numa exclamou vitorioso.

— Ora! Ora!

— Que é? — fizeram os restantes ao mesmo tempo.

— Todos nós estamos com medo de fantasmas. Se Bentes der força a Contreiras e ele tiver votação, a Assembleia não o reconhecerá.

Pelas faces de Macieira brilhou um ligeiro sorriso, e Neves também ficou satisfeito; a filha, porém, depois de alguns momentos de reflexão, disse:

— Assembleia não vale nada.

— Como?

— Eles empregam a força e tudo adere.

A situação voltava de novo a ser obscura e, após algumas outras palavras, Macieira despediu-se para continuar procurando amigos que o salvassem, o apoiassem, evitando o golpe que lhe queriam desferir no seu prestígio político. Lembrou-se de procurar o irmão de Bentes; era um remédio heróico do qual não convinha lançar mão já; Precisava poupar-se e, ir logo ao Hildebrando, seria gastar-se, lançar mão de um recurso desesperado.

Acudiu-lhe logo o nome de Fuas. O jornalista até bem pouco tempo tinha relações de cortesia com Bentes, mas desde que lhe escrevera a célebre carta de desafio em casa de Arlete, a intimidade entre ambos cresceu, como se fosse a de velhos camaradas de colégio. Ele devia estar no jornal. Quase nunca almoçava em casa. Lidos os jornais, logo bem cedo, saía, ia à redação, escrevia alguma coisa que a leitura lhe inspirava e corria a almoçar em algum restaurante da cidade.

O *Diário Mercantil* era um dos mais antigos da cidade, e fora sempre extremado em matéria política. De mão em mão viera parar às de Fuas que não se enfeitava com o título de redator chefe; deixava-o a outro de mais fama, sendo ele de fato e também quase proprietário da folha.

Ocupava uma grande casa da Avenida; e, depois de *O país* e *O Jornal do Comércio,* era o jornal mais bem instalado do Rio de Janeiro. A sua venda, sem ser grande, era considerável e a tradição da folha aparava bem as opiniões formalíssimas de Fuas.

Como quase todo o jornal do Rio de Janeiro, era deficiente e pouco preocupado com outros assuntos que não fosse política; mas, assim mesmo, dava fortunas, fortunas que Fuas gastava com a liberalidade e a constância de um nababo[72] oriental.

Fuas era amigo de Macieira. Tinham negócios juntos e o pôquer os tinha ligado indissoluvelmente. Podia bem ser que o jornalista, com artigos e palavras, demovesse Bentes de prestigiar Contreiras, porque tudo estava em Bentes. O atual chefe do interregno presidencial nada valia, e diziam até que as salas e os quartos do palácio de Nova Friburgo já estavam arrumados ao gosto do general.

Como Macieira esperava, Fuas Bandeira estava no seu gabinete de trabalho, escrevendo em mangas de camisa. O charuto não o deixava.

— Tu por aqui?

— É verdade. Não sabes?

— De quê?

— Leste *O Intransigente*?

— Li... Que há?... Ah! É verdade!

---

72 Antigo título de nobreza indiana. Diz-se também do europeu que ocupava posição importante e enriquecia na Índia [N.E.]

— Que pensas daquilo?

— Homem, era de esperar. O exemplo partiu de cima e agora tens que aguentar. Já te tinha dito o perigo que corria a manobra.

— Mas... eu fui quem levantou, por assim dizer, a candidatura do general Bentes.

— Tu pensas que ele se ilude? Que ele julga que deve alguma coisa a ti e aos outros?

— Homem... eu acho...

— Qual! Ele sabe perfeitamente que foram os camaradas que assustaram vocês e vão pô-lo lá. Não há por onde sair, meu caro; e entre um camarada, parente, além de tudo, e um paisano...

— Parente também.

— Parente, mas paisano, ele não tem que escolher. Olha: tu mesmo foste quem deu parte de fraco.

— Como?

— Não resignaste?

— Foi por...

— Sei... mas para que apresentaste o Malaquias?

— Porque era parente de Bentes.

— Está aí. Um pequenote aí qualquer descobre um parente melhor, porque é coronel. Passa por cima de tudo, e dá-te o tombo.

— Mas Bentes é contra as oligarquias.

— É contra! É contra! Ora, tu, Macieira!...

Fuas chupou o charuto, rodou-o entre os lábios para melhor queimar e disse:

— Agora é tratar de salvar-te.

— Como?

— Pois não sabes? Tens ainda muito remédio...

— Escreve alguma coisa.

— Escrevi; mas é preciso jogar influências em cima dele.

— Tu não podias?

— Direi alguma coisa; mas de que necessitavas era de uma influência permanente.

— O Hildebrando?

— Não te fies nele. Quer muito, quer tudo, e talvez não faça nada.

— Quem pode ser?

— Uma mulher!

— Quem?

— A mulher de Lussigny.

— Como?

— Pois tu não sabes?... Olha: quando Bentes foi à Europa, Lussigny estava a tinir. Tinham gasto o que possuíam e a mulher rendia pouco. Que fez Lussigny logo que soube da chegada de Bentes? Atirou a mulher em cima dele. Tu sabes bem que Bentes nunca esteve acostumado a essas mulheres muito adornadas, plumas, perfumes, cerimônias; e caiu que nem um patinho.

— É verdade?

— É verdade, e tanto é verdade que eles pagaram as dívidas que tinham e vão embarcar para aqui, deixando a vida de "trem de luxo" que levavam. Por aí tu ias bem, infelizmente, porém, a coisa é para breve e os serviços...

— Como poderia conseguir?

— Como? Pois tu não sabes? Como tu consegues os colarinhos e os punhos? No nosso tempo, todos os serviços têm o seu preço... Tu não sabes?

Macieira não sabia coisa alguma dessa influência poderosa sobre o ânimo de Bentes. A descoberta alegrou-o e ele a pôs de parte como um trunfo forte para ganhar a partida. Fuas fumava recostado na cadeira, batendo as mãos sobre o ventre farto:

— É isto! É isto, meu caro!

— E Bastos?

— Bastos está atarantado... Ainda não tomou pé nessa história toda... O melhor que tu fazes é adiar a eleição e esperar que a mulher do Lussigny venha.

Deixou-o o senador a escrever uma local em que se pedia ao Congresso que votasse afinal o crédito para instalação da Estação

Experimental de Reversão Animal e Quadruplicação dos Bois. Não se compreendia como até ali não tinha sido feito e como é que o governo pagava empregados que não tinham o que fazer, visto lhe faltarem os meios adequados. A fazenda, laboratórios, aparelhos, e demais pertences não chegariam a alcançar o preço insignificante de quatrocentos contos de réis; e não se devia deter o patriotismo dos parlamentares em votar semelhante crédito, desde que levassem em consideração a utilidade da instituição. Fuas era entusiasmado dos projetos de Bogoloff, e, partilhando o seu saber e os seus planos, aconselhara-o a fazer suas compras em uma certa casa, até mesmo se encarregara de fazê-las diretamente.

— Pode entrar, minha senhora.

Fuas julgou reconhecer aquela senhora e logo simpatizou com o seu demorado sorriso que lhe banhava o rosto todo.

— Sente-se.

A senhora sentou-se, apertou a blusa na cintura com o auxílio do dorso da mão esquerda, e disse:

— Não me conhece, doutor Fuas?

— Minha senhora...

— Eu sou a viúva do dr. Lopo Xavier.

— Oh! Sim! Sim! É verdade!

Fuas descansou o charuto e continuou pressuroso:

— Não a tinha reconhecido... Não tem mudado nada...

— Não é o que dizem. Creio que emagreci um pouco.

— Ainda mora em Petrópolis?

— Ainda, doutor.

— Naquela casa da Westfália?

— Não, doutor. Na Cascatinha.

— Oh! Que bela casa... Tão bonita. Aquele seu jardim é muito "chic"; poucos há aqui como ele. E que camélias? De que morreu o Lopo?

— Tuberculose.

— Parecia tão forte. Não fui ao enterro porque não me foi de todo possível; mas, creio que recebeu o meu telegrama.

— Recebi, doutor; e agradeci.

— Lembro-me. O Lopo era muito meu amigo. Ultimamente encontrávamo-nos pouco. Vivia em Petrópolis e eu pouco lá vou. Quando o faço, é às carreiras; senão teria aparecido para um "poquersinho".

— Ele gostava muito…

— Eu morro por ele. Muitos filhos, minha senhora?

— Uma única, uma filha;

— Assim mesmo foi feliz.

— Nem tanto, doutor. Lopo não deixou quase nada…

— Ah! É verdade. E o montepio?

— Uma coisa de nada. Não dá nem para nos vestirmos.

— Também Lopo era desprendido.

— Muito, doutor. Eu lhe dizia sempre que pensasse no futuro.

— Era um poeta. A senhora não requereu uma pensão?

— Requeri.

— Já me haviam falado nisso…

— Devia ter sido Mme. Arlete.

— É verdade. Em que estado está o "seu" projeto.

— Está no Senado, e eu esperava que o senhor se interessasse pela passagem.

— Pois não… Pois não…

— Muito agradecida.

A viúva ergueu-se arrepanhou bem a saia irrepreensível e pisou com firmeza na porta da saída.

Fuas ficou um instante em pé, acendeu o charuto que se havia apagado, tirou fortemente as primeiras fumaças, lembrou-se num relâmpago do que havia sido, como se apossara daquele jornal com a ousadia de pirata argelino. Por fim, pôs as mãos nas algibeiras da calça, e, com a boca semiaberta, ao lado esquerdo, e o charuto ao direito, em mangas de camisa, esteve a olhar com desdém a multidão que escorria lá em baixo roçando as paredes do seu cotidiano.

9

Entre nós, muita gente tem mania de caboclo, e havia na cidade uma senhora idosa, D. Florinda Seixas, que cultivava essa mania com muito carinho e constância. Desde anos que a sua casa vivia cheia deles; e, ao surgir a candidatura Bentes, D. Florinda aderiu a ela com os seus caboclos hirsutos[73]. Acontecia também que Bentes tinha um tio, já falecido, mais ou menos notável, e D. Florinda, muito naturalmente, juntou a sua mania indígena à admiração que sempre professou pela memória do tio de Bentes, o almirante Constâncio. Fundou, consequentemente, uma sociedade — Sociedade Comemorativa do Falecimento do Almirante Constâncio. O principal fim da sociedade dizia-lhe o nome; mas tinha outros, entre os quais, o do ensino do guarani e o das aclamações às pessoas de destaque.

D. Florinda, tendo fundado associação tão útil encontrou dos poderes públicos a maior boa vontade. Foi subvencionada e, graças ao jeito que tinha para agradar, todos a julgaram muito útil em sanar as dificuldades e procuravam-na, aderindo à sua proveitosa associação.

---

73 Mesmo que peludos, desalinhados, desgrenhados [N.E.]

A velha senhora, antes mesmo da fundação, já tinha demonstrado os seus préstimos e, não havia noite em que, com um, dois, ou mais caboclos, não aparecesse nas casas de Bentes ou do Bastos.

Corria que os caboclos eram duvidosos; que eram desertores de regimentos do exército, estacionados no Paraná e Rio Grande do Sul; o certo é que, como caboclos, eles se portavam nas visitas que faziam com a preceptora.

Homens da selva, pouco habituados às regras e preceitos das salas, esses jovens *hurons*[74] praticavam em casas tão respeitáveis uma única inconveniência: embriagavam-se de cair e caíam pelos jardins, dormiam familiarmente com o rosto para o céu estrelado, como filhos das matas que eram.

Não se diga que D. Florinda não empregasse os seus esforços "civilizadores" para impedir tão indecente prática. Ela era vista a dizer no "*buffet*":

— *Tupaná penê cotê!*

Os caboclos respondiam, amuados como crianças teimosas:

— *Quelo bebê! Quelo bebê!*

E sacudiam a juba de cima dos olhos, das bordas dos copos e os bebiam às dúzias cheios de cerveja. Gostavam mais de "whisky".

D. Florinda, porém, não desanimava de levá-los às recepções de Bentes e de Bastos, dar-lhe hábitos civilizados; e ambos, muito republicanos e brasileiros, não se podiam negar a receber tão autênticos e autotônicos representantes da pátria. Os hurons, porém, embriagavam-se, lamentavelmente.

A parcial incompreensão dos seus atos e desígnios levou D. Florinda a criar uma aula pública de guarani. Era seu intuito ensiná-lo aos jornalistas, para que, conversando estes com os tupinambás, ficassem certos de seu saber e da ciência que tinham armazenado. Os poderes públicos, graças à influência de Bentes, logo viram a grandeza do intento de D. Florinda e deram-lhe a subvenção.

74 Derivado da palavra francesa *hure*, que significa brutamontes. Termo pejorativo utilizado pelos primeiros colonizadores franceses que exploraram o Canadá [N.E.]

D. Florinda tinha muitos caboclos e sempre aumentavam conforme a sua fortuna. Dentre todos, porém, ela estimava sobremodo um chamado Tupini. Era um índio alto com uma cabeleira de apóstolo; calçava com dificuldade as botinas, e os seus pés debaixo delas eram só ossos. Tinha as pernas arqueadas e o caiapó bem parecia ser familiar à montaria do cavalo. Tupini veio assistir à lição ao lado de D. Florinda. Começou a professora por asseverar que o guarani era a língua mais antiga, mais bela do mundo; e exemplificou:

— Meus senhores, vejam só esta frase: *amané saçu enacá pinaié*. Sabem o que quer dizer?

O auditório ficou suspenso e D. Florinda explicou:

— O peixe vive no mar.

— *Tá eado* — gritou Tupini.

D. Florinda voltou-se para o índio e respondeu em guarani:

— *Puxiguera che aicó.*

— *Tá eado* — gritou Tupini.

Os circunstantes entreolhavam-se, esperando pela continuação da lição.

— Não é só nessa frase que a beleza da língua se revela. Temos outra: *meu mameara cê necê* — que quer dizer: minha noiva é bonita.

Tupini disse devagar:

— *Tá eado.*

— Tupini! Tupini! Não queira emendar-me!... Esta é a língua de outra tribo. *Xerêrê corê!*

— *Tá eado.*

Os discípulos foram um a um saindo e a lição não foi adiante naquele dia. Aproveitando os seus conhecimentos do guarani e a malta de caboclos que tinha, cansada de simples recepções de pessoas importantes no momento, D. Florinda fundou a sociedade destinada a cultuar a memória do almirante Constâncio, tio de Bentes.

Ainda dessa vez, ela ia ao encontro de uma corrente popular. Desde que a fortuna de Bentes começara a brilhar, a lembrança de seu tio veio de novo a certas pessoas já totalmente esquecidas. Nos dias de finados ou no do aniversário da morte de Constâncio, o seu túmulo ficava coberto de cartões de visitas, registro piedoso dos seus amigos, e dos do sobrinho também, sempre lembrados do almirante.

No aniversário do falecimento do almirante Constâncio, D. Florinda, após os trabalhos preliminares e obter auxílio dos poderes públicos, organizou o préstito mais votivo e comemorativo dentre os muitos que tem visto o Rio de Janeiro.

As tribos dos Munducurus, Caiapós, Omaguas, Pataxós Kaingangs, Tamoios, Carijós, Charruas, Xavantes e outras apareceram e foram representadas por comissões vestidas a caráter, tendo os respectivos estandartes: folhas de palmeiras, de bananeiras, remos de canoas, capivaras empalhadas; e, ao centro, num caminhão, reclinado sob um bananal verdejante, Tupini, de cocar e enduape, arco e flecha ao lado, pernas nuas, coxas nuas, peito nu e braços nus — o rei da floresta brasileira, que marchava para o túmulo do almirante inesquecível.

Músicas militares, de espaço em espaço, tocavam elegias[75]; os lampiões de gás semiacesos, cobertos de crepe, davam um ar fúnebre às ruas. D. Florinda com os seus caboclos entoava nos intervalos um fúnebre hino tupi.

E jo mi rean Maenram pico?
E jo tenan Apu ma nico

Ao acabar a quadra, todos, a uma só voz, repetiam:

Maenran pico?
Maeran pico?

Pela turba passava um estremecimento religioso e trombetas fanhosas e agudas estridulavam sinistramente. E continuavam:

75 Tipo de poesia melancólica, triste, normalmente composta como música para funerais [N.E.]

Eguapi napê...
Maenran pico?
Eguapi tenon!
Aguapi ma nico

Mal terminavam de cantar a quadra, o coro repetia em longa e profunda toada:

Maenran pico
Maenran pico

De novo as trombetas guinchavam e o cortejo caminhava lentamente, em direção ao cemitério. Houve quem dissesse que o hino de D. Florinda era uma canção erótica de origem paraguaia; entretanto, esse detalhe não foi notado e os adeptos de Bentes muito prezaram tão bela homenagem à memória de seu tio.

Esse aspecto caboclo não foi o único da singular manifestação fúnebre que D. Florinda organizou. Os caboclos, convém dizer, ao cantar *E jo mi rean* dançavam, sacudiam a juba e faziam roda ao chegar o coro.

Além desse aspecto, houve outros que não iam sendo mencionados. Havia associações de estivadores, de operários, de funcionários, de militares, de senhoras que tomaram parte com seus estandartes de seda, além dos clubes e cordões carnavalescos. Inácio da Costa acompanhou o cortejo a cavalo, um cavalo do regimento policial. Estava vestido particularmente de verde e amarelo e o cavalo ajaezado com florões desses crótons que antigamente chamavam de "Independência".

Trazia, à guisa de lança, um estandarte em que se lia na bandeirola: "À bala".

Formou-se essa espécie de marcha solene, sob as vistas atentas da polícia; e desfilou vagarosa, ao som das músicas, cânticos e trombetas, pela Avenida afora.

Na cauda, como representação do Futuro, condicionado pelo Passado e contido no Presente, grupos de crianças que, no descanso do cortejo, faziam "roda" e cantavam candidamente:

Ciranda, cirandinha!
amos todos cirandar!
Vamos dar a meia volta,
Volta e meia vamos dar!

O alto simbolismo filosófico e patriótico do cortejo foi muito gabado pelas pessoas simpáticas à causa de Bentes, sobretudo pelo *Diário Mercantil*, que viu no fato um ressurgimento do sentimento republicano e nacional. Foi gratuito.

O Rio de Janeiro todo moveu-se para ver o cortejo fúnebre; mas era curioso que muitos não o vissem compungidos e não encontrassem nada nele que lhes lembrasse a homenagem que pretendia prestar.

Inácio Costa, com o seu "À bala" apoiado em um dos estribos, do alto da sela, olhava com severidade patriótica para as moças que se espantavam com seu vestuário bicolor; e, só na altura do Catete, pôde desfazer a carranca, quando cumprimentou sorridente Benevenuto, que via aquele desfile com um assombro de idiota chumbado no rosto.

Pelas bordas do cortejo alguns entusiastas e mais membros da sociedade distribuíam em retângulos de papel os seguintes versos:

AO ALMIRANTE CONSTÂNCIO
Esta é a ditosa pátria minha amada Camões. Canto III XXI
Oh! Pátria! Lugar em que nascemos.
Onde temos amor e amizades!
Escuta o nosso tributo de saudades
Daquele que faz com que nos juntemos!

Nele as vontades portentosas dos fortes patriotas se juntaram
E com resplendor nele brilharam do passado as lembranças majestosas.

Que o seu nome seja sempre santo
Sob o lindo manto do cruzeiro.
Ele que foi grande pregoeiro
Da República — termo sacrossanto!
Inácio Costa

Benevenuto leu e releu os maravilhosos versos de Inácio Costa e pasmou. Será possível que aquilo tudo se estivesse passando no Rio de Janeiro? Como é que tanta gente tinha de uma hora para outra mudado tão inteiramente de mentalidade?

O cortejo continuava a passar lentamente. D. Florinda e os caboclos entoavam a canção equívoca do Paraguai e as trombetas; a longos intervalos, faziam: *Fué! fon! Fué! fon!*

Xandu passou no desfile sentado sobre o selote de uma "charrua-tílburi", que governava com a naturalidade e elegância de quem guia um "*tonneau*"[76] num parque de luxo. Um popular cochichou a outro:

— Por que ao menos ele não consertou as rodas?

As rodas cambaias da "charrua", tão necessárias ao seu serviço normal, intrigavam os habitantes da cidade, estranhos aos trabalhos agrícolas. O cortejo lá se foi... *Menran pico... fué! fon!... Maenran pico...fué! fon!*

Benevenuto deixou o Catete e dirigiu-se vagarosamente ao encontro de Edgarda. Ela lhe havia escrito cheia de desolação. A situação se obscurecia e pedia-lhe o seu auxílio com mais insistência. Verdadeiramente amava-a. Tinha necessidade dela na sua vida e no seu pensamento; mas, sempre lhe foi difícil compreender por que razão íntima Edgarda teimava em fazer figurar o marido como um orador ilustrado. Por meio do marido, parecia, ela dava expansão à sua necessidade de domínio; era ingênuo, porém, fazê-lo. Numa, com a sua irremediável preguiça mental, nem ao menos os autores que citava lia e deles compreendia alguma coisa. Seu marasmo de

76 Mesmo que barril [N.E.]

inteligência requeria uma artificial alimentação intelectual, e esta ainda não havia sido inventada.

Benevenuto era moço de trinta e poucos anos, alto e tinha o olhar miúdo e penetrante.

O seu parentesco com a esposa de Numa era por parte da mãe dele, de forma que, por temperamento e pelo sangue, era completamente estranho às competências políticas dos Cogominhos.

Pudera bem ter-se casado com a prima; teria evitado aquele amor às escondidas; mas não só, quando solteira, passou por junto dela e não a notou, como também percebia que, se o houvesse feito, não teria por ela a ternura de hoje. Não seria a mesma; o casamento tirou-lhe ou lhe deu alguma coisa, e isso que lhe tirou ou lhe deu, é que o atraía para ela.

De há muito quisera dizer-lhe que Numa não podia por muito tempo representar o papel; que era necessário que ficasse na fama; que não forçasse a sagacidade dos outros, mas vieram essas atrapalhações políticas e o orador do bando de Neves tinha que se manifestar de quando em quando.

Ademais, com os absurdos que Bentes e os seus avançavam, o trabalho de justificá-los forçava de tal forma a inteligência que era bem preciso uma mentalidade totalmente diferente da humanidade para defender as proposições dos partidários do general com alguma vantagem.

As inteligências normais tinham até pudor diante delas mesmas, vexadas em sustentar as tolices que energúmenos berravam e escreviam por conta de Bentes.

Benevenuto vinha a pé com as mãos cruzadas às costas, agarrando a bengala; tinha a cabeça baixa e poucas vezes olhou o mar. No largo da Lapa, esperando o bonde, encontrou Mme. Forfaible e a sua amiguinha.

— Oh! Doutor! Muito bonito! Gostou do cortejo?

— Estava bom.

— Gostei muito — continuou Mme. Forfaible. — Aquele caboclo estava muito bom... O que é que representa, Maci?

A amiguinha respondeu com presteza:

— O rei da floresta brasileira. Gostei muito das crianças…

— Os cantos, doutor, não reparou? São muito bonitos.

Benevenuto pensou um instante que todas as nossas festas tendem para o carnaval e que aquelas damas falavam da grotesca panatenéia[77] fúnebre, do cortejo em homenagem a um morto, com o mesmo alvoroço com que falariam das cavalgadas dos clubes carnavalescos.

Mme. Forfaible continuou com volubilidade:

— Deixei Manoel dormindo… Não podia deixar de ver…

— Seu marido ainda está na comissão?

— Está… Mas está vendo se arranja outra coisa…

— Não tem se dado bem?

— Tem… Mas… É preciso coisa melhor…

— Naturalmente.

— Lá na terra dele, falam muito em ele ser presidente do Estado… Eu não gosto muito… Deixar o Rio de Janeiro, ir para o mato…

— Não é mato, minha senhora.

— Qual! Não acredito! Por mais que me digam que aquilo lá tem ruas, tem teatros, famílias, não sei por que não admito. Contudo, se fizerem muito gosto, nós iremos.

Mme. Foirfable e a sua amiguinha tomaram o bonde; Benevenuto acompanhou-as com o olhar, pensando nas causas que tinham determinado esse despertar em tantos generais e coronéis exímias capacidades políticas; e também nas que tinham provocado os próceres[78] lembrarem-se deles assim de uma hora para outra.

Encaminhou-se para o seu destino, sempre a pé e vagarosamente.

Chegou à travessa. Entrou. Na sala, a mãe e a filha costuravam. As duas faziam a sua tarefa com resignação e cuidado. De onde em onde, uma delas deitava a cabeça, colocava de certo modo a costura e a examinava com alegria nos olhos. Um instante, Benevenuto julgou que ofendia com seu amor a miséria daquelas mulheres; afastou o

77 Na Grécia Antiga, eram festas dadas em homenagem à deusa Atena [N.E.]

78 Ocupantes de altos cargos [N.E.]

pensamento, cumprimentou e entrou. Edgarda já estava lá e livre da "toilette" pública . Abraçaram-se muito e ela teve um gesto de choro. O primo quis afastar-lhe a emoção:

— Vieste cedo...

— Vim, meu amor, vim. Não viste o cortejo? Numa e papai foram.

— Vi, mas não os vi lá.

— Foram ao cemitério. Fiquei só e vim.

— Mas que é que tens?

— Nada... Nada...

— Fala!

— Não sei... Um pressentimento...

— Que é?

— Não sei, Benevenuto; não sei. Está me parecendo que vão tomar o lugar de papai e de Numa.

— É possível, mas não compreendo esse teu desgosto. Se fossem empregos, se por isso a tua situação financeira fosse abalada, vá; mas continuas no mesmo; que te dá que o teu marido seja ou não deputado?

— É um desaforo! É um desaforo!

— Desaforo como? Essas funções são mesmo transitórias, tu sabes disso, minha filha.

— Mas... O que me aborrece é essa Anita, a mulher de Forfaible!

— Que tem ela?

— Quer fazer o marido governador.

— Ah! Ele é de Sepotuba?

— É... Não sabias?

— Ela acaba de dizer que tem lembrado muito o nome dele para presidir o Estado mas não sabia qual.

— Pois é verdade: são ela e o Salustiano que intrigam. Já o Macieira...

— Sê prudente, Edgarda. O teu orgulho te faz cega e apaixonada, o que vem a ser a mesma coisa. As eleições de governador ainda estão longe... Teu pai não se dá por achado... Faz o Forfaible senador agora, ele se contenta e vocês embrulham o Salustiano.

Sentada na borda da cama, a moça ficou pensando. A sua fisionomia abriu-se por fim num sorriso e disse:

— É verdade!... A Anita fica até contente... Tu és uma joia.

E abraçaram-se e beijaram-se por um tempo perdido no mais absoluto silêncio.

Quando Benevenuto deixou Edgarda o dia ia adiantado e já na rua do Ouvidor estavam de volta os romeiros ao túmulo do almirante Constâncio.

Inácio Costa tinha ainda o seu traje verde e amarelo e na cabeça a esfera azul com estrelas de papel branco. Não trazia mais a terrível lança "À bala", mas continuava a distribuir os versos que trazia nas fundas algibeiras da vestimenta.

No Café do Rio, muitos como ele se juntaram, discutindo e sempre proclamando a salvação da República. Parecia que queriam voltar aos cruéis dias do florianismo. Na Avenida, da mesma forma, havia grupos de civis discutindo com entusiasmo e era de supor que a excitação e a satisfação lhes tivessem vindo do brilho, da imponência e da majestade do cortejo de D. Florinda, que mostrou de que maneira Bentes era popular com os dotes do tio morto.

Benevenuto afastou-se cautelosamente daquele fervedouro de patriotas que ele não compreendia, por não querer julgá-los todos interessados e ambiciosos. Havia neles não sei quantas ilusões do poder do governo, da efetiva riqueza da pátria; havia neles tanta maldade, tanta intolerância em nome da República, que Benevenuto os evitava para não se irritar.

Sentia bem o vago da pátria, o misticismo da ideia, a sua força religiosa, e tinha medo que essa sobrevivência mesclada ao delírio republicano não desandasse em seringueira, em violência, em perseguições em nome de um Bentes impassível e inerte.

De caminho para casa, viu no bonde que descia o senador Macieira. O homem vinha triste e certamente a tristeza lhe trouxeram as cogitações políticas.

De fato, Macieira tinha jogado mal a cartada. A sua resignação do cargo dera azo a que os seus adversários lançassem a candidatura de Contreiras. Seria lógico que os adversários de Macieira, que apoiava e desejava a presidência de Bentes, não a apoiassem nem a quisessem. Os adversários do senador de Palmeiras queriam, entretanto, a presidência de Bentes. Nesse ponto eram correligionários.

Esperando a chegada da mulher de Lussigny, o senador tinha procurado todas as influências que pudessem afastar o apoio de Bentes às ambições de Contreiras. Bastos falara com franqueza e afiançara que por ora nada podia fazer; que era melhor dar carne às feras e esperar a digestão sonolenta delas para domá-las. Macieira, porém, não tinha esse sangue frio de estrategista político. Fora a Bentes.

— Qual, doutor! — dissera. — O Contreiras não quer nada absolutamente… Nunca se incomodou com política.

Entretanto, as notícias lhe chegavam desoladoras. A oposição se armava e os jornais anunciavam claramente motins de modo a permitir uma intervenção ou impedir que a assembleia deliberasse livremente.

Macieira punha as mãos na cabeça e pedia a Fuas que escrevesse denunciando o plano dos adversários. No dia seguinte, ele lia o artigo de Bandeiras e também a notícia da remessa de mais um batalhão para a capital das Palmeiras. Macieira corria ao Ministro da Guerra e este lhe dizia:

— Qual, doutor! Não interviremos… É só para garantir as repartições federais.

Na capital do Estado, os "*meetings*" se sucediam e o senador dava ordens que aumentassem a polícia. Contreiras, até aí estivera calado; um belo dia, porém, apareceu uma declaração sua. Se era para felicidade do povo palmeirense, dizia ele, até agora escravizado a uma imunda oligarquia, punha a sua vida e a sua espada à disposição dos seus patrícios.

Macieira correu a Bentes:

— Qual, doutor! Contreiras é maluco… Não passa daquilo… Palmeiras é seu…

Macieira sossegava um pouco; mas, daí a dias, recebia telegramas que alguns dos seus correligionários, deputados estaduais, tinham aderido a Contreiras. A mulher de Lussigny não chegava; quis adiar a eleição; os deputados simpáticos a Contreiras não deram número e o projeto ficou encalhado. A mulher de Lussigny não chegava...

No dia da eleição a força federal que inflara o Estado espalhou-se em pequenos destacamentos pelos municípios e Contreiras foi proclamado eleito. Restava o reconhecimento e a mulher de Lussigny não chegava....

Dias antes da apuração pela Assembleia estadual os oposicionistas armaram uma passeata de crianças; e por detrás dela começaram a hostilizar a polícia. Os milicianos fizeram fogo e um dos infantes morreu. Macieira foi chamado de assassino, de vampiro e os soldados do Exército alagaram a cidade, ameaçaram os amigos de Macieira e Contreiras foi reconhecido e proclamado governador do Estado das Palmeiras.

Procurando Bentes, este dissera compungidamente:

— Ah! Doutor Macieira! Eu não sabia... Julguei que o senhor fosse muito popular e estimado no seu Estado... Não está tudo acabado; havemos de harmonizar as coisas.

Macieira admirou-se que Bentes julgasse necessárias a estima e a popularidade para governar um país ou mesmo um Estado.

Toda a cogitação de Macieira vinha desses casos em que o seu incondicional apoio a Bentes tinha sido retribuído com tanta lealdade republicana. O seu poder, outrora discricionário, ia aos poucos se enfraquecendo. Apeado da chefia política de Palmeiras, nada mais conseguia. Xandu continuava a tratá-lo com toda deferência, mas não fazia as nomeações que pedia. Quem dominava agora era Contreiras, ou melhor, o Castrioto, que governava o coronel agachando-se e bajulando-o.

A última nomeação que fizera Macieira foi a de Bogoloff; e, como este tivesse autoridade para fazer algumas nomeações no Estado, os partidários de Contreiras começaram a atacá-lo. Os jornais não cessavam de troçar os seus planos; na Câmara, os ataques eram mais diretos e Xandu, cheio de tanto temor quanto em começo estava de confiança, estremecia na cadeira de ministro.

A votação do crédito destinado à instalação da Estação Experimental de Reversão Animal e Quadruplicação dos Bois fora pretexto para um ataque à gestão de Xandu, qualificada de perdulária, fantástica, vítima de "contos do vigário" de estrangeiros audazes como esse tal de Bogoloff, que se fizera um curioso Cristo multiplicador de bois.

O audaz ministro tinha fé na ciência e ficou pasmo com o ataque que se fazia aos infalíveis processos de Bogoloff. Não podia compreender que não se respeitassem os estudos de um sábio e não se esperassem os resultados deles. O chefe do interregno governamental falara-lhe a respeito; e, Xandu, que, além de preparar no ministério o progresso das indústrias agrícolas, preparava também a sua chefia política do Estado das Tâmaras, temeu pelo seu destino político. Perdido o ministério, não poderia distribuir graças e favores; não arregimentaria, portanto, o partido à cuja testa ia ficar.

Xandu, no dia seguinte, não tomou de desgosto e apreensão o seu banho de frio, que tanta disposição lhe dava. Chegou ao seu gabinete amuado, triste, não assinou sequer um aviso e mandou ao fim de alguns minutos chamar o dr. Bogoloff.

Não tardou que o russo viesse em obediência ao chamado do operoso Xandu. Bogoloff era meão de altura e tinha uns traços miúdos e sem relevo. Os seus olhos eram de um verde esmaecido, mas seguro na visada e perquiridores.

Alegrou-se logo Xandu com a presença do diretor da sua pecuária.

— Sente-se, doutor.

O russo sentou-se à direita de Xandu por trás de uma pilha de regulamentos e decretos a assinar. O ministro consertou o monóculo e disse com doçura:

— Mandei-o chamar, dr. Bogoloff, por um motivo muito simples. É um mau hábito do nosso regime que tenhamos de dar satisfações ao público. Bentes, meu eminente chefe, julga isso totalmente prejudicial. Eu também; mas, como não sou chefe supremo, tenho que fazer concessões aos hábitos. Não sei, meu caro dr. Bogoloff, se tem lido os ataques que têm sido feitos à sua repartição.

— Tenho, doutor; mas os julgo tão inócuos e tão baldos de base que me supus dispensado de contestá-los.

— Seria assim, meu caro doutor, se toda a população conhecesse as últimas descobertas da ciência… Eu estou perfeitamente certo da verdade dos seus processos, baseados na biologia transcendente, que eles são o resultado de úteis e profundas meditações. Mas essa gente por aí que nada conhece de ciência e não procura examinar a veracidade de seus processos, de que forma obedecem à alta ciência, acreditará nos ataques, nas mofinas, nas pilhérias dos superficiais.

— E que tem isso?

— Que tem, doutor? Tem muita coisa. O seu cargo está entrelaçado com a política.

— Como?

— Pois o senhor não foi nomeado devido aos préstimos do senador Macieira? O senhor não é amigo do Macieira?

— Sou?

— Pois bem. Como o senhor não deve ignorar, Macieira deixou com alguns constrangimentos a chefia da política das Palmeiras e, desde que ele não é mais chefe, as nomeações federais para lá não são feitas por propostas dele.

— E que tenho eu com isso?

— Ouça-me. O senhor, doutor Bogoloff, de posse da verba total da diretoria, pode fazer nomeações no Estado e nessas nomeações servir à política de Macieira. Eu sou amigo de Macieira, mas política é política, e estou fazendo demissões lá, para servir a Contreiras.

— Eu, porém, não me oponho…

— Não é isso. Quero-o sempre a meu lado e tenho que a glória dos resultados de suas pesquisas vai ser para mim um padrão de valor político e grandeza do meu ministério. Defenda-se, Doutor, defenda-se!

— Não é difícil. Sei bem que o desconhecimento dos deputados das ciências modernas leva-os a ataques grosseiros. Eles não conhecem a Citologia Experimental e ignoram os mais simples elementos da Citomecânica.

— Uma ciência nova, doutor?

Xandu perguntou, virou-se um pouco na cadeira, descansou a cabeça sobre o braço que se apoiava na mesa pelo cotovelo.

— Sim, doutor. São experiências recentes de mecânica celular, que pretendem estabelecer experimentalmente não só o que é uma célula em si mas o que são os diversos órgãos celulares e também quais são as relações recíprocas desses órgãos e as relações da célula em presença do meio ambiente ou de outras células.

As rugas aumentavam na testa de Xandu e Bogoloff continuou com método:

— Estudei sempre as experiências feitas para reproduzir artificialmente o protoplasma e as figuras cariocinéticas, a ação dos agentes físico-químicos e os movimentos das plastidas; as relações do núcleo e do citoplasma; as modificações experimentais da mitose e a sedimentação do óvulo.

— Doutor — disse Xandu, mudando de posição. — Os seus trabalhos são de um valor incalculáveis. A minha esperança nas suas experiências é ilimitada!

— Eu, doutor, estudei a adaptação, os tropismos, tatismos, a quimiotaxia, o fotauxismo das plastidas, profundamente.

O ministro recostou-se na cadeira, olhou demoradamente o sábio russo e recomendou:

— Doutor, defenda-se por escrito. Publique no meu relatório, a sair, as linhas gerais do seu plano, mas não divulgue o seu segredo para que não nos furtem a glória. Depois de ter feito isso, a fim de deixar o agudo do momento político, vá viajar pelo Brasil em comissão que lhe encarregarei.

Bogoloff obedeceu à recomendação do seu ministro e apresentou sem demora a defesa escrita dos seus aperfeiçoados projetos zootécnicos. Xandu publicou-o e a ciência nacional respeitou o valor do russo e teve como certos os seus propósitos.

Ficou Bogoloff encarregado de visitar os Estados, de estudar-lhes a pecuária, e de ver se em algum deles já não se procedia espontaneamente conforme as ideias técnicas do diretor.

Como não tivesse Bogoloff predileção por este ou aquele Estado, pôs dentro da copa do chapéu vinte pedaços de papel com o nome deles e mandou que um dos seus contínuos tirasse um dos tais pedaços. Caiu-lhe por sorte justamente o Estado das Palmeiras, para onde partiu em breve.

Esse Estado, como se sabe, não é dos maiores do Brasil, nem dos menores; é dos médios. Tem uma população de cerca de um milhão de habitantes e uma lavoura de cana-de-açúcar que se arrasta através de dolorosas crises como a indústria de que ela é base.

A sua capital, a cidade de Tatui, tem uns cinquenta mil habitantes e é uma desgraciosa cidade de casas baixas, quase sem calçamento, sem esgotos e com uma péssima iluminação pública.

Espanta logo a quem chega, com a quantidade de mendigos e pobres que possui, além da grande porção de gente que exerce ofícios miseráveis — como baleiros, carregadores, vendedores de água, pois não a há encanada.

Possui uma linha de bondes preguiçosos, servida por um único veículo, que só parte dos pontos quando está a meio de passageiros.

Quando o viajante se afasta da zona urbana, o espetáculo é mais miserável ainda. Só há palhoças de sapé, cercadas de pobres roças desanimadas; pelos caminhos encontram-se mulheres *públicas* meio rotas, carregando as esteiras em que realizam os seus tristes amores.

Pelo tempo que Bogoloff partiu, construía-se um teatro majestoso, num estilo compósito e abracadabrante.

Palmeiras já estava "salvo" pois tinha à sua frente o coronel Contreiras, filho do venerando José Maria. Essa sua filiação foi um dos grandes títulos eleitorais; e ninguém mais se lembrava desse homem, de sorte que na rua perguntavam:

— Quem é esse Contreiras?

— É filho do venerando Zé Maria.

— Quem é esse Zé Maria?

— Não me lembro bem.

Não se atemorizou Bogoloff em visitar o Estado governado por estadista tão conhecido. Partiu o russo para aquela parte do Brasil, a bordo de um vapor do Lloyd, em fins de ano. De há muito o governo queria "salvar" essa companhia e o remédio já tinha sido achado por Xandu — o seu presidente era um general.

O paquete estava com a partida marcada para 26 de dezembro; como o governo, porém, queria número na Câmara e temia que muitos deputados fugissem nele para os Estados, adiou-a para o dia 30. Bogoloff embarcou ao meio-dia, pois os anúncios diziam que o navio levantava ferros às quatro horas.

Havia congressistas passageiros e, tendo as sessões da Câmara se prolongado até tarde, o vapor só deixou as amarras às nove horas da noite.

Foi, portanto, vendo a cidade iluminada, a se mirar nas águas negras da baía, que o russo atravessou a barra em demanda ao Estado das Palmeiras.

Navegava num mar calmo sob um céu negro em que as estrelas faiscavam como diamantes nas trevas.

A linha da costa era de longe em longe marcada por fracas luzernas à altura das águas.

As águas estavam negras e o mar tinha de noite menos atração e aparentava mais segurança. A luz manifestava toda a sua fascinação e esclarecia os perigos e as suas perfídias.

De quando em quando, o jorro luminoso do farol da Rasa cobria um instante o navio.

Não havia quase fosforescência e as hélices escachoavam ritmicamente.

Bogoloff, no salão, travara conversa com um tenente que, com uma juvenil atitude de superioridade, não o amedrontava. O russo, habituado a tudo isso, vencera pouco a pouco as desdenhosas respostas do rapaz. Ao fim de algum tempo, ele mesmo perguntou:

— Para onde o senhor vai?

— Para Tatui.

— Vou também. Vou tratar de minha eleição a deputado.

Admirou-se o russo que aquele menino, simples tenente, já quisesse ser deputado e julgou-se obrigado a explicar.

— Vou em comissão do meu ministro.

— Conheço muito o seu ministro. O Xandu é muito operoso. Já mesmo fiz-lhe um elogio. Conhece Contreiras?

— Não.

— Dou-me muito com ele; é meu amigo.

— Grande político, não é?

— Grande! Fui eu mesmo quem lhe levantou a candidatura. Dei o tombo no Macieira. Contreiras, meu caro senhor, é um Marco Aurélio. Nunca aceitou gratificações de fornecedores.

Bogoloff afastou-se, pensando que esse moço não sabia bem quem era Marco Aurélio. Pois um homem é Marco Aurélio só porque não furtou dez tostões? Então ele deixava de lado a sede de perfeição moral do imperador romano, a sua profunda piedade e a sua ânsia de bondade e fraternidade, para crismar de Marco Aurélio um coronel fanfarrão aí qualquer? Era curioso um tal fato.

Bogoloff dirigiu-se compungido para a coberta do navio que a noite envolvia e o mar suportava. Havia poucos passageiros na tolda e, entre eles, não se estabelecera conversas. Todos se tinham mergulhado no insondável mistério daquela noite de trevas sobre o oceano imenso.

De repente, um grito quebrou aquele augusto silêncio:

— Meu binóculo! Ó comandante! Pare! Pare!

Às perguntas de explicação, ele se limitava a responder:

— Onde está o comandante?

Vendo o capitão, entre o tom de pedido e o de ordem, ele disse:

— "Seu" comandante, é preciso voltarmos ao Rio. Esqueci-me do meu binóculo.

Fez-lhe ver o comandante que isso era impossível e tal coisa iria causar graves prejuízos à companhia e aos passageiros. O homem enfureceu-se e gritou:

— Sabe com quem está falando?

O comandante disse que não sabia, mas que não havia necessidade de sabê-lo, pois se tratava de medida de suas atribuições, sendo ali a sua autoridade em tudo soberana.

— Pois bem — disse o homem. — Tenho imunidades; sou o senador Leiva, amigo de Bastos.

Retorquiu o comandante no mesmo tom de voz:

— Vossa Excelência há de perdoar-me, sr. senador, mas não posso voltar.

Nisso apareceu um indivíduo metido em boas roupas de onde desentranha a cabeça e exclama:

— Que desaforo! Desrespeitar um senador!

O comandante tentou convencer o parlamentar de que se podia servir dos binóculos de bordo, pois os havia muitos; mas o senador intimou:

— Quero o *meu* binóculo. Não quero outro. Ou o senhor volta e eu voto a autorização para o empréstimo da companhia, ou não volta e eu e a minha bancada faremos uma guerra tremenda ao projeto.

À vista disso, o comandante que sabia das dificuldades da empresa, tanto assim que não recebia os seus vencimentos havia três meses, virou de bordo e voltou para buscar o binóculo do senador Leiva, amigo de Bastos.

10

Os correligionários de Bentes acharam que o melhor meio de fazê-lo presidente do Brasil era impedir que houvesse eleições na capital do país. Todas as tendenciosas passeatas de batalhões, a inundação da cidade por valentões e capangas, as ameaças de perda de emprego não lhes deram segurança de vitória. Houve neles — tal era o vigor da população — temor de que, se a compressão se efetivasse, redundasse ela em trabalho mecânico inesperado, abrupto, uma erupção contra o sindicato que se acovardara diante das baionetas e iludia a própria consciência fingindo entusiasmo.

As seções eleitorais foram fechadas, os livros não apareceram e o Campelo com Totonho, outros do bando e oficiais foram vistos arrebatando-os dos carteiros do Correio.

Todas as ameaças e espécies de subornos empregaram contra os funcionários postais que tinham de lidar diretamente com os livros eleitorais; e Campelo, dias depois, brilhoso, com sua grande pança, dessorando gorduras, passeava o seu olhar trapaceiro sobre a população, do alto de um automóvel, entre Totonho e Lucrécio Barba-de-Bode.

Pensava este sempre no emprego; Campelo não se fartava de dizer que viesse o "homem" e ele estaria colocado de vez.

O reconhecimento de Bentes, poucos meses depois, foi feito com mais segurança, graças aos votos dos deputados já contados e empenhados; e assim mesmo, não deixavam os batalhões de sair às ruas, bandeiras desfraldadas, rufos de tambores, marchas heróicas, a oferecer batalhas ao país inteiro.

O nome de Lucrécio ficara famoso em todo o âmbito da cidade e subúrbios. Não lhe separavam o nome do de Bentes. Nas próprias notícias dos jornais lá vinham juntos os tópicos que se referiam a ambos.

A ação de Lucrécio foi animada e maravilhosa. Ele destruiu cartazes, apreendeu boletins, rasgou jornais, e, de onde em onde, dava um tiro de revólver.

Foi coisa comum naqueles dias dar tiros de revólver pelas ruas. A polícia nada apurava e o próprio chefe, Juca Chaveco, perguntava aos auxiliares:

— Que foi?

— O Lucrécio deu um tiro ontem.

— Quá! Brincadeira... Pau de fogo às *vez* queima por si...

Chaveco mostrou-se muito hábil na gestão policial da cidade. Não se podia imaginar que aquele caipira tão simples, tão bonachão, de aspecto tão medroso, procedesse de forma tão profundamente política e atual.

No inquérito dos crimes de Liberato que avocou à sua autoridade, escreveu o relatório mais original de que se possa ter notícia. Não havia dúvida, dizia ele, que os mortos tinham sido por balas de revólver, mas os revólveres alcançam muito longe e podiam ter sido disparados de outro lugar que não aqueles indicados nos autos. Quanto ao depoimento do médico, devia não ser tido em consideração como os de certas testemunhas por não estarem habituados a depor, não terem a prática suficiente de tão espinhoso ofício.

Chaveco era homem grato e não se detinha em consideração alguma de ordem moral ou intelectual para provar a sua gratidão. Dizia mesmo:

— Amigo é amigo. O compadre não fica *má*, nem à mão de Deus-Padre. Já fiz muito *irrelatório* lá na roça...

Lucrécio foi acusado de dar tiros, a polícia pôs-se em campo e afirmou que não era possível que ele tivesse feito semelhante coisa, a não ser com os pés, pois não tinha as mãos. Barba-de-Bode apareceu durante alguns dias com os braços dentro do casaco, pedindo, nos botequins que lhe levassem a bebida aos lábios.

A mulher, porém, é que continuava a temer pela sorte do marido. Conhecia-lhe o gênio irascível, habituado agora às violências, sem temor; sentia a injustiça da causa a que servia, e via bem em torno dela a indignação, a fúria do povo, de toda a gente, contra Bentes, contra Campelo, contra os valentões assalariados, como o marido.

Ela sempre quisera que voltasse ao ofício, que trabalhasse com regularidade, que contasse unicamente com o salário exíguo da oficina; mas o marido, às vezes com bons, outras com maus modos, resistia e metia-se na tal política, no jogo, nas desordens.

Um dia ou outro, voltava para casa com quantias de certo porte e ela, um instante, esquecia os perigos da vida que levava, da maneira injusta que empregava a sua bravura.

Moravam ainda na mesma casa da Cidade Nova e não havia por ela mais abundância do que em outros tempos. Aquela vida era precária; e o dinheiro que Lucrécio recebia ia logo para pagamentos e despesas.

Naquela manhã, Ângela estava à janela esperando que o pequeno passasse vendendo o jornal do bicho. O filho estava na escola e Ângela não pudera mandar buscá-lo cedo. Esperava que o vendedor passasse quando viu um senhor de certa aparência entrar na venda. Quase todos que passavam na rua ela conhecia e um estranho logo lhe feria a memória. O senhor saiu da loja trazendo atrás de si o dono, que apontou para ela. O homem aproximou-se; logo que chegou bem junto a ela indagou:

— É aqui que mora o sr. Lucrécio?

— É. Que deseja?

— Desejo falar com ele.

Imediatamente Ângela pensou que ali estivesse um dos graúdos para os quais o marido trabalhava. Sem demora, abriu a rótula e fê-lo entrar para a sala, onde os santos se amontoavam no oratório sobre a cômoda, com o ramo de arruda na água, ao lado.

— Faça o favor de sentar-se.

Ela olhou o homem que era claro, cabelos brancos, e uma aparência toda de esforço e trabalho. Vinha vestido de fraque e as botas eram boas e justas nos pés.

— Meu marido está dormindo, mas vou acordá-lo. Faça o favor de esperar.

Sentado, o visitante olhou a casa, os móveis pobres, tirou o *pince-nez* e enxugou em seguida o suor do rosto. A mulher de Lucrécio voltou logo e ele pôde dizer:

— Este Rio está muito mudado. Quase não o conhecia mais... Reformaram quase tudo.

— Há muito que não fazem outra coisa senão pôr abaixo casas... E as coisas encarecem de uma forma, meu senhor, que não sei onde iremos parar.

A mulher retirou-se com a entrada de Lucrécio na sala;

— Bom dia.

— Bom dia.

O recém-chegado apressou-se em apertar a mão do dono da casa e ambos sentaram-se em seguida.

— Sou o dr. Gama Silveira, engenheiro.

— Tenho muito prazer em conhecê-lo.

— Venho aqui, senhor Lucrécio, pedir-lhe um favor.

— No que for possível, doutor!

— Estou há muito tempo como engenheiro do governo de Palmeiras... Não sou moço, tenho filhos e não há meios de ser promovido.

— De que partido é o senhor?

— Não tenho partido.

— É por isso.

— Mas sempre fui admirador do general Bentes, seu amigo, e agora era ocasião para me fazer justiça.

— Mas…

— Eu desejava, senhor Lucrécio, que o senhor, junto ao seu grande amigo…

— As nossas relações não são tão grandes.

— Devem ser, pois todos quando falam no nome de um falam no do outro.

— Sou grande admirador dele, grande mesmo; e só.

— É a mesma coisa; e, pelo tempo, já devem ser amigos. Ia dizendo que queria que o senhor se interessasse por mim e me fizesse promover a engenheiro de primeira classe. Vim ao Rio propositadamente para isso… Há vinte anos que me passam a perna, estou envelhecido, preciso educar as filhas e os filhos e o aumento que me traz a promoção seria muito útil. Se o senhor se interessasse, estou certo que a promoção se faria, e ficaria muito grato.

— Há vaga?

— Há.

— Não garanto; mas vou falar aos amigos e farei o possível.

— Posso ir descansado?

— Pode.

O engenheiro tomou o chapéu de chuva e o de cabeça que estavam encostados a um canto, apertou a mão de Lucrécio e saiu para a rua com a cabeça baixa.

Lucrécio, que tinha ficado à janela, lembrou-se qualquer coisa e chamou o engenheiro:

— Doutor! Doutor!

Voltou-se logo o velho funcionário e perguntou:

— Que deseja, senhor Lucrécio?

— O senhor não me deu o nome todo e o lugar que quer.

— Ah! É verdade!

Tirou um cartão da carteira e escreveu rapidamente a lápis o que queria; e seguiu o seu caminho marchando a pequenos passos, sempre de cabeça baixa.

Lucrécio informou à mulher do que o engenheiro desejava. Teve ela uma grande alegria com a importância que o marido ia ganhando, mas , ao mesmo tempo, lembrou-se:

— Você arranja tudo para os outros e não arranja nada para você.

— Deixe estar, mulher, que a minha vez há de chegar... Quem não tem habilitações tem que esperar.

Vestiu-se Lucrécio e desceu com pressa à cidade, para passar um telegrama empenhando-se com Contreiras pelo engenheiro. Interessava-se deveras por aquele homem simples, formado, preterido, que fora ao seu encontro pedir justiça. Desceu a rua do Ouvidor com pressa; mas logo ao chegar à rua Primeiro de Março, teve que cumprimentar a Mme. Forfaible.

A mulher do general não se cansava de andar na cidade e procurava variar a hora dos seus passeios. De fato, as ruas centrais pela manhã têm um aspecto de trabalho e atividade que as veste de modo diferente das outras horas do dia.

Não há conversas das esquinas; as carroças com cargas grosseiras passam por elas e pelas lojas há uma azáfama de lavagem e arrumação.

Na rua Primeiro de Março, porém, mais que nas outras horas, as libras brilhavam nas vitrinas e os bilhetes de bancos podem ser estalados entre os dedos pobres.

Mme. Forfaible chamou Lucrécio e perguntou muito naturalmente:

— Que é que se diz do meu marido?

— Não sei... Não vai ser senador?

— Não queria... Queria que ele fosse ministro! Não dizem nada por aí?

— Que eu saiba não. Mas, a senhora sabe que essas coisas, nós, os pequeninos...

— Diga-me uma coisa, Lucrécio: isso que se diz aí da mulher de Lussigny é verdade?

— Que é, minha senhora?

— Que ela pode muito em Bentes.

— Ah! É uma de Paris?

— É essa mesma.

— Dizem que sim, D. Anita. Dizem que ela é quem faz tudo, que o general só faz o que ela quer. Ela já está aí.

— Eu sei. Vou falar com ela. Meu marido há de ser ministro.

Despediram-se e Lucrécio seguiu em direção à Central dos Telégrafos. Se bem que fosse amigo de Macieira, não estava incompatível com Contreiras, a quem mesmo dissera que não trabalhava em seu favor por ser camarada leal do adversário dele. Não havia nenhum obstáculo em pedir pelo engenheiro que há muitos anos não passava do mesmo lugar, portanto, em tal sentido, telegrafou:

"Exmo. sr. Coronel Contreiras — Tatui — Palmeiras — Respeitosamente peço a V. Exa. promover engenheiro Gama Silveira vinte anos preterido — Lucrécio."

Contreiras, logo que tomou conta do governo do Estado, mandou empastelar o jornal da oposição; e, em seguida, fez um inquérito em que o seu delegado procurava demonstrar que haviam sido os proprietários do jornal os autores do empastelamento.

Para isso, além do seu cinismo em afirmar, o tal delegado empregou a coação e a ameaça sobre os depoentes, pobres operários que eram obrigados a dizer tudo o que convinha à autoridade.

Não contente com isso, dividiu o Estado em vários distritos agrícolas, à frente dos quais pôs um inspetor e meia dúzia de auxiliares; todos gente sua, que se encarregavam de esbordoar aqueles que demonstravam de qualquer modo não concordar com "o salvador".

As reclamações choviam e os delegados policiais faziam inquéritos em que diziam que não havia nos casos coisa alguma de política, mas simples rixas por questões de mulheres ou de família.

Havia em Contreiras, como em todos os déspotas de sua escola que se seguiram, um terror extremo diante da lei que violavam. Não tinham coragem de fazê-lo francamente, claramente, ousadamente; mascaravam as suas violências, os seus assassinatos, com subterfúgios legais e outros, falando sempre em liberdade, em ordem, em paz e prosperidade.

Bogoloff, chegando ao Estado, teve vontade de visitar o governador e pediu-lhe uma audiência; mesmo porque, se não o fizesse, corria perigo a sua segurança.

Já começavam a desconfiar "daquele estrangeiro", isto é, não do súdito russo, mas do indivíduo estranho ao Estado, pois assim chamavam os que não viviam e residiam lá.

Viu-se o Diretor da Pecuária muitas vezes seguido por tipos suspeitos, e à vista disso, declarou a sua qualidade de oficial e pediu uma audiência ao governador. Ele lha deu sem muita demora e Bogoloff pôde encontrar-se com um homem muito comum, de feições e inteligência. Não lhe pôde sacar nem uma ideia sobre a administração e o governo. Só lhe dizia:

— Este Estado, doutor, tem sido muito roubado. Agora as coisas vão entrar nos seus eixos. Sou honesto e não consinto que ninguém roube à minha sombra. Quanto a bois, há por aí muitos, mas esse negócios de bois não é dos mais urgentes. A polícia não está bem instruída…

Quando o russo lhe falou da miséria da população, na lamentável impressão que isso fazia a quem vinha de fora, ele lhe disse:

— É… É… São uns vagabundos. Estou tratando de fundar uma colônia correcional.

Aquele homem não via que era o próprio governo que estava criando aquela situação; que era, além de outras coisas, a quantidade formidável de impostos cobrados pelos governos municipal, estadual e federal, tornando o trabalho infecundo e afastando o emprego de capitais.

Perguntou ao dr. Bogoloff em seguida pela política central, se Bentes ainda era muito atacado, se lhe faziam muita oposição. Disse-lhe o russo que os jornais do Rio atacavam-no muito e Contreiras observou:

— Sei… Sei. Se eu estivesse lá os fazia calar.

Tomou por aí uma expressão feroz que trouxe à lembrança do russo Tamerlão e Gengis Khan.

Despedindo-se do governador, Bogoloff prometeu no dia seguinte ir assistir a uma sessão da Câmara dos Representantes.

— Venha, doutor — disse Contreiras. — O senhor vai ver que Congresso disciplinado! Que ordem! Que obediência! Não é aquela "praia do peixe" do Rio.

A Constituição do Estado, moldada na Federal, estabelecia a independência e a harmonia dos poderes estaduais, que eram o judiciário, o executivo e o legislativo.

Não tinha o Estado um senado, e o órgão do seu poder legislativo era unicamente a Câmara dos Representantes, que funcionava em uma ala do palácio do governador.

A sala não era apropriada ao seu destino, mas era ampla e bem iluminada; e, como já fosse conhecida a qualidade de Bogoloff, deram-lhe uma espécie de camarote, ao nível do recinto, a que chamavam de tribuna.

O doutor chegou cedo e pôde ver a entrada dos deputados. Havia alguns jovens bacharéis e tenentes, muito pimpantes nos seus trajes à última; e havia também aqueles curiosos tipos de coronéis de roça, que vinham às sessões em terno de brim, com botas de montar e a açoiteira de couro cru, pendente na mão direita, presa por uma corrente ao respectivo pulso.

Chegavam e espalhavam-se pelas bancadas, conversando e fumando. Junto de Bogoloff havia dois, um dos quais lia, à meia voz, um artigo de jornal para o outro ouvir.

Não passava os congressistas de vinte e tantos e o russo perguntou a alguns se era aquele o número exato de representantes. Foi-lhe dito que não, que eram quarenta e cinco, mas que só pouco mais da metade frequentavam as sessões. Os outros, acrescentou o informante, ficam nas suas fazendas e mandam unicamente receber o subsídio por seus procuradores bastantes.

A sessão custou em ter começo. Afinal o presidente e secretários tomaram seus lugares e a chamada foi feita. Notou Bogoloff que, quase bem perto a ele e ao lado da mesa, um pouco distante, havia uma ampla cadeira de balanço, cujo destino ali era difícil atinar.

Lida a ordem do dia, foi anunciado o expediente, e um deputado gritou do fundo da sala:

— Peço a palavra.

No mesmo instante, a cadeira de balanço foi ocupada. O coronel Contreiras vagarosamente aproximou-se e sentou-se nela. Estava muito simplesmente vestido, com uniforme de cor cáqui, sem colarinho, em chinelas de marroquim e até o dólmã estava desabotoado.

Acudindo o pedido do deputado, o presidente da Câmara falou:

— Tem a palavra o deputado Salvador da Costa.

O deputado não abandonou a bancada e começou com voz cantante:

— Senhor presidente. A cidade de Cubango, uma das mais prósperas do nosso interior, berço de tantas glórias, como Manoel Batista, Francisco Costa, o bravo João Fernandes e outros, acha-se, por assim dizer, completamente isolada do resto do Estado. Chamo a atenção de V. Exa. e da Câmara para tão grave fato que muito depõe contra a pública administração. As notícias que me chegam a respeito do estado das estradas que a põem em comunicação com as suas irmãs do nosso torrão natal são absolutamente desanimadoras. A inspetoria de obras no seu habitual relaxamento...

Por aí, foi interrompido por um vibrante grito do governador:

— Senta-te, Salvador! Fala agora o João.

O deputado Salvador, abandonando o fio do discurso, desculpou-se:

— Há de perdoar-me, senhor coronel doutor governador. Trato pura e simplesmente de uma questão administrativa. Não há política nem tenção de fazer oposição a V. Exa.

Não lhe deu ouvidos o governador e continuou a gritar lá da cadeira de balanço:

— Senta-te, Salvador! Não prestas *pra* nada! Fala agora o João!

O deputado Salvador ainda esteve alguns minutos em pé, hesitante, sem saber o que fazer, olhando aqui e ali; porém, um berro mais enérgico do coronel presidente fê-lo cair sentado sobre a cadeira, como se houvesse sido derrubado por um raio.

O resto da sessão correu normalmente e não houve mais necessidade da intervenção enérgica do senhor coronel doutor governador. Por fim, um deputado apresentou uma moção de congratulação com o coronel Firmino, chefe político do município de Cubandê, por fazer anos naquele dia.

Bogoloff deixou o edifício e dirigiu-se ao hotel em que estava; a viagem era curta, mas o trânsito era difícil, pois não dava um passo sem que não encontrasse um pequeno que se propunha a levá-lo a lugares equívocos.

Resolveu-se a abandonar Tatui e foi despedir-se de Contreiras dias depois. O coronel doutor governador estava em pleno trabalho no seu gabinete. Recebeu-o prazenteiramente.

— Tenho aqui um telegrama de Lucrécio, pedindo-me pelo Gama Silveira. Vou promovê-lo, mas diga ao Lucrécio que o faço por causa dele, se fosse Bastos não fazia. Não admito a sua intervenção na autonomia do Estado!

Bogoloff não veio diretamente para o Rio. Fez a viagem de volta parando e demorando-se nos portos de escala. Tinha mesmo combinado com Xandu demorar-se o mais possível para lhe dar inteira liberdade no que toca às exigências políticas de Contreiras, evitando assim que a sua gratidão a Macieira tivesse escrúpulos em obedecer certas ordens.

Teve a ocasião na sua lenta volta, de verificar Bogoloff que todas as cidades do Brasil se parecem, têm a mesma fisionomia, possuem casas edificadas da mesma forma e até as ruas têm os mesmos nomes, e os apelidos das lojas de comércio são os mesmos.

Um país tão vasto, que se desenvolveu através de climas e regiões tão diferentes é, entretanto, nos seus aspectos sociais, monótono e uno.

Já tinha o russo notado isso na sua viagem para o Estado das Palmeiras e, na volta, foi que se certificou com vagar.

Quase a um tempo recebeu Lucrécio Barba-de-Bode telegramas de Bogoloff e do secretário do governador, avisando-o que o engenheiro havia sido promovido. A atividade política de Lucrécio estava captada agora em apreender os assovios. A população, roubada nos meios de manifestação de seu querer, virava-se para a terrível arma das crianças: a vaia. Os correligionários do governo sabiam que as casas de brinquedos não tinham mãos a medir na venda de gaitas, apitos, assobios; e os funileiros da cidade haviam deixado outras obras para fabricarem esses inocentes brinquedos de infância.

Todo o trabalho da polícia fardada, civil, oficial oficiosa, particular, era caçar assovios. Era ver um cidadão com uma gaita, logo lhe arrebatava; os doceiros escondiam as flautas com que anunciavam à garotada os quindins que levavam. Lucrécio, alto, espadaúdo, tórax proeminente, com o seu paletó de alpaca, corria a cidade com o bengalão de pequi arrancando assovios. Uns inutilizava, mas outros levava para casa. O filho, quando vinha visitá-los, não se apercebia da proibição e apanhava as gaitas. Dava-as às crianças da vizinhança com uma liberalidade de milionário, essas flautas gritantes e sereias agudas, de forma que a rua onde morava Lucrécio se encarregava de fazer voltar à população os assovios que lhe eram arrebatados pelos policiais diligentes.

Fuas Bandeiras, no seu jornal, não se cansava de doutrinar contra o apito, que ele julgava um instrumento vexatório, indigno, mesmo nas mãos dos rondantes noturnos; e como é que se ia usar semelhante arma contra a mais alta autoridade de um país?

Não era só contra o apito que Fuas desenvolvia considerações tendenciosas; o jornalista insinuou mesmo o linchamento de colegas. Como não se podia deixar de esperar, provocada naturalmente pelas medidas que os adeptos de Bentes tinham posto em prática para amordaçar a opinião, a imprensa analisou minuciosamente os méritos de Bentes.

Fuas, na falta de melhor modo de combater essa análise, lembrou e insinuou que se devia proceder contra esses heresiarcas da mesma maneira que se havia feito outrora com Apulcro de Castro[79]. Não há nada mais infeliz, porquanto esse Apulcro, que foi em vida um difamador profissional, a sua morte o redimiu e o elevou. Havia

79 Referência ao jornalista baiano Apulcro de Castro (1853-1883), linchado por oficiais do exército por supostamente atacar a honra destes [N.E.]

dito ele, em seu jornal, que um certo capitão era caloteiro e logo todos os oficiais, sargentos, cabos e faxinas se julgaram ofendidos, não trepidando em vir em grupo matá-lo em plena rua, às barbas da autoridade.

Vergonha maior para um país não se concebe e não se compreende a inteligência desses oficiais, soldados, sargentos, cabos, faxinas, que se julgaram ofendidos por ser acusado um capitão de não pagar suas contas.

Apelando para essas honras obsoletas de classe, para essas superstições de grupos, Fuas desentranhava com o seu jornal as mais abstrusas doutrinas e selava as ameaças mais infames possíveis.

Com a aproximação da posse de Bentes, essa excitação geral do povo despertou a Câmara dos Deputados, onde se debateu o assunto.

A minoria era diminuta e a maioria se tinha crescido muito com o preenchimento de vagas intercorrentes, por morte ou por outro motivo, de deputados oposicionistas. Nunca se viu deputados mais curiosos, mais imprevistos, sendo alguns mesmos de outra nacionalidade que não a brasileira. Já se tinha visto a apologia da ignorância, já se vira a apologia do assassinato de Apulcro de Castro, agora a Câmara punha em prática a internacionalização da representação do país. Havia deputados turcos, ingleses, belgas, finlandeses e todos eles conservando orgulhosamente a sua nacionalidade de origem e mal falando o português.

As "salvações" dos Estados não tinham continuado, mas os debates na Câmara eram furiosos e apaixonados. A administração continuando nos seus processos enchia as galerias de secretas e valentões; e, quando os deputados da oposição se referiam, mesmo respeitosamente ao honrado general Bentes, um dos seus correligionários puxava o revólver e apontava-o para o orador, cobrindo-o das mais sujas injúrias.

O presidente da Câmara mandava chamar o entusiasta e dizia-lhe amigável e paternalmente:

— Você não toma juízo, Lucrécio.

Não há nada mais perigoso do que um entusiasmo pago, e os parlamentares temiam sobremodo os defensores humildes do honrado general Bentes.

Campelo fora eleito deputado em uma das vagas para enfrentar o célebre orador da oposição Júlio Barroso. A erudição deste, a sua voz cortante, a sua honestidade de proceder e de vida davam força e um prestígio extraordinário às suas orações.

Campelo fazia também discursos; tinha uma voz agradável, mas não tinha nem o saber, nem a força de Barroso. Se se tratasse de canto, podia-se dizer que Campelo tinha uma voz de salão, um bom timbre, mas sem extensão de volume. Quando se anunciava um discurso de Barroso, a Câmara enchia-se; enchiam-se as galerias, os corredores, as tribunas; Lucrécio e seu pessoal ajudavam a encher o edifício e, tal era o poder de sedução do orador, a fascinação da sua palavra, que eles o aplaudiam candidamente. Campelo, tendo notado isso, resolveu tomar um alvitre. Como deputado, ficava no recinto, bem perto do orador, e de lá fazia sinais a Lucrécio quando devia protestar com o seu pessoal. Assim mesmo, o orador conseguia vencer os obstáculos e ficou resolvido que os governistas o interrompessem com constantes apartes.

A sessão de vinte e cinco de outubro foi particularmente agitada. Depois de ser lido o expediente, o presidente deu a palavra a um deputado "bentiano" que explicou a sua atitude votando a favor da rejeição do veto oposto ao projeto de venda da Estrada de Ferro de Mato Grosso. Não era escravo de suas opiniões políticas, dizia; não temia a opinião pública, mas também não temia a oposição facciosa e arruaceira.

JÚLIO BARROSO — Protesto! Peço a palavra!

O presidente tocou os tímpanos e pediu a atenção.

O deputado disse que era uma injúria à classe que pertencia o honrado presidente eleito supô-lo capaz....

JÚLIO BARROSO — Que tem uma coisa com outra? Peço a palavra.

O ORADOR — ... capaz de patrocinar traficâncias. O honrado general Bentes pertence a esse cadinho de heróis, etc. etc.

Acabou o discurso e o presidente deu a palavra ao deputado Júlio Barroso. Houve rumores de cadeiras que se arrastam, de bancadas que caem, e todos tomaram os seus lugares. Os jovens deputados, na idade e nos dias de Câmara, ficaram atentos.

JÚLIO BARROSO — Sr. presidente. Eu não sei, não me entra absolutamente na compreensão, como militar que sou, quando não sou camarada: se quando sou por Huerta contra Carranza, se quando sou por Carranza contra Huerta?

WILLIS — Não apoiado! *A raven carried of his claws pieces of poisoned meat which the enraged gardener had thrown upon the ground for his neighbor's cats.*[80]

A fala do deputado Willis foi muito bem recebida; e a um sinal de Campelo, houve palmas nas galerias a seguir-se às do recinto.

Fez-se um pouco de silêncio e ouviu-se o seguinte:

EDDIN NAZIB — Parque? *Nemifahman.*[81]

Palmas estrepitosas cobriram a voz do deputado persa, a um aceno de Campelo.

PRESIDENTE — Peço atenção! As galerias não podem se manifestar.

O ORADOR — Em tão premente colisão o meu espírito de classe...

CARACOLES — V. Exa. não pode dizer isso. *Poco me faltó para fallecer cuando llegué a casa de Melisa: de todos los poros me brotaba el sudor frío, se me cerraban los ojos, y costó gran trabajo hacerme recobrar el conocimiento.*[82]

ABD-EL-CHEFFIF — De acordo. *Nehabbeck; ma fchemtche.*

---

80 Em tradução livre do inglês: *um corvo carregava nas garras pedaços de carne envenenada que o jardineiro, com raiva, jogou no chão para os gatos do vizinho.* O trecho a partir daqui satiriza o falatório desmedido e sem propósito usuais na política. Em alguns momentos há correspondência de termos com alguma língua estrangeira, e em outros, possivelmente o autor fez junção de termos em mais de uma língua [N.E.]

81 Em tradução livre do farsi (variação do persa): *Não entendi.* [N.E.]

82 Em tradução livre do espanhol: *Eu estava quase morrendo quando cheguei à casa de Melisa: suava frio e meus olhos se fechavam... foi preciso muito trabalho para me trazer de volta à consciência.* [N.E.]

Como a fala anterior, esta foi recebida delirantemente. Campelo fez um sinal e houve palmas na galeria.

O ORADOR — ... indaga se é mais militar Carranza ou Huerta e tenho que procurar no almanaque...

THEAMPULOS — *Deu palalavéno.*

O ORADOR — Sr. presidente, rogo a V. Exa. que me mande traduzir a fala do nobre deputado.

A risada foi geral e antes que o presidente pudesse chamar a atenção, a um sinal de Campelo, um cidadão das galerias gritou: *ignorante! ignorante!*

PRESIDENTE — Atenção; as galerias não podem se manifestar.

ORADOR — ... tenho que procurar no almanaque, para segurança de minha ação, qual é o mais antigo, qual tem mais medalhas...

BUOCOMPAGNI — *Ma la impresa era árdua; e non poteva compiersi senza molte ingiustize.*[83]

SAKENUSSEN — Sim. *Jeg holder af Dem.*[84]

Acabado de pronunciar a fala que foi como as demais, ouvida pacientemente pelo orador, houve palmas nas galerias, a um sinal de Campelo.

PRESIDENTE — As galerias não podem se manifestar! Aviso os senhores deputados que quem está com a palavra é o nobre deputado Júlio Barroso.

ORADOR — Sr. presidente, tenho até agora ouvido com a máxima paciência os discursos poliglotas dos meus nobres colegas. Não sei onde estou, não sei se estou na torre de Babel, se isto...

WERNER — V. Exa. sabe. *Dies alle ist eine Scheisse.*[85]

UM SR. DEPUTADO — É isto mesmo.

VÁRIOS DEPUTADOS — Muito bem! Muito bem!

A um sinal de Campelo, um tanto diferente dos anteriores, as galerias prorromperam em entusiásticos vivas.

---

83 Em tradução livre do italiano: *Mas a obra era árdua e não poderia ser realizada sem muita injustiça.* [N.E.]

84 Em tradução livre do dinamarquês: *Me importo com as pessoas* [N.E.]

85 Em tradução livre do alemão: *Tudo isso é uma grande besteira* [N.E.]

PRESIDENTE — Atenção. Quem está com a palavra é o nobre deputado Júlio Barroso.

ORADOR — ... se isto é mesmo o parlamento brasileiro, parlamento de um país onde se fala o português. Acho-me por assim dizer coagido a suspender as ligeiras considerações que vinha fazendo sobre o espírito de classe. Eu queria mostrar como esse espírito é uma sobrevivência nefasta, como ele já nos envergonhou a civilização. Vejo-me obrigado, porém, a suspendê-las, porquanto não tenho mais imunidades parlamentares, não podendo falar livremente como fazem aqui os parentes das influências poderosas que recitam...

NUMA — V. Exa. deve positivar as suas acusações.

ORADOR — Não estou acusando. Estou simplesmente tratando de um modo geral no que toca ao proceder da mesa...

NUMA — Não admito essas insinuações.

ORADOR — V. Exa. quando ora não tem dessas perturbações prejudiciais à memória ou ao fim...

NUMA — Peço a palavra para uma explicação pessoal.

Júlio Barroso continuou a sua oração, embora cortado constantemente, após a qual foi dada a Numa a palavra para uma explicação pessoal. Toda a Câmara esperou que Numa fizesse um veemente discurso, como faziam crer as suas orações anteriores; mas, ao contrário disso, pronunciou breves palavras, disse que era honrado, que a sua adesão ao general Bentes tinha sido espontânea e sincera.

A impressão geral foi péssima. Os seus amigos, quando deixou de falar, receberam-no friamente, não lhe deram os cumprimentos de hábito e houve suspensão em todos os espíritos. É verdade que pretextara incômodo, mas não podia ser ele tão grave que o impedisse de defender-se cabalmente e a sua defesa estava em falar com calor, com veemência e paixão.

Piterzoon, entre colegas, dissera mesmo:

— Vocês admiram-se! Não é coisa do outro mundo. O Numa lá de Roma acertava, quando consultava a Ninfa; com este dá-se a mesma coisa.

O genro de Cogominho deixou a Câmara apreensivo. Ele mesmo tinha provocado aquele incidente, ele mesmo tinha levantado a luva e fora ele mesmo, portanto, quem criara aquele fiasco. Julgou em começo poder pronunciar a sua defesa; não havia estudo a fazer, não havia argumento a responder, entretanto, o hábito que adquirira de discursar depois de estudo apurado, tinha-o traído no momento crítico.

Era preciso apagar aquela impressão; no dia seguinte, fosse como fosse, tinha que fazer um discurso sólido, cheio, capaz, por consequência, de levantar a sua reputação. Foi logo para casa. Mal entrou, procurou a mulher. Edgarda lia na sua biblioteca. Numa entrou nervoso e ansioso. Olhou um momento com tristeza as estantes cheias de livros. A mulher notou-lhe a fisionomia alterada, a sua angústia quase a nu.

— Que tens, Numa?

O deputado sentiu-se desanimado e pôs as mãos na cabeça. Edgarda apiedou-se com aquela atitude do marido.

— Que tens, Numa?

Ele tomou alento, sentiu-se um pouco aliviado, a opressão deixou-o um pouco. Disse:

— Fiz um fiasco.

— Onde?

— Na Câmara.

— Foste falar.

— Fui.

— Que imprudência! Durante muito tempo?

Numa quase chorava. Era a sua carreira, eram as suas ambições que se desfaziam. Pela primeira vez, sentiu alguma coisa profundamente. A mulher também teve a visão do desastre. Estremeceu.

— Falei cinco minutos... Gaguejei.

Contou-lhe Numa então toda a história e a necessidade que havia de fazer um discurso no dia seguinte. A mulher concordou e dispôs-se a compô-lo completo e perfeito. Numa descansaria, se acalmaria; e, de madrugada, depois do repouso, iria estudá-lo, e estaria resgatado. Jantaram; Numa mais calmo e a mulher mais esperançosa.

Os criados tiveram ordem de dizer que os patrões tinham saído. O deputado foi dormir e a mulher trancou-se na biblioteca trabalhando na oração do marido.

A noite se fez totalmente. Numa dormiu profundamente as primeiras horas. Tinha os nervos fatigados, todo ele era cansaço e pedia repouso. Dormiu; mas, pelo meio da noite, despertou. Procurou a mulher ao lado. Não a encontrou. Recostou-se. Lembrou-se, porém, da combinação que tinham feito. Teve amor pela mulher, sentiu-a boa e o seu sentimento por ela se separava agora de todo e qualquer interesse, de toda e qualquer ambição. Para que aquela teima? Devia deixar a política, viver simplesmente com a mulher até que a morte o levasse.

Mais valia a vida assim do que ele estar a contrafazer-se a todo o instante. Mas para fazer isto? Que seria ele? Nada. Devia continuar, devia não recuar. Era preciso ter destaque, figurar; era preciso que o chamassem sempre de deputado, senador; tivesse sempre consideração especial. Então podia ser assim um qualquer? Subir! Subir! E ele viu o Catete, as suas salas oficiais, o piquete, os batedores, o lugar de S. M. I. o sr. D. Pedro II...

Pensou em ir ver a mulher; em ir agradecer-lhe com um abraço o trabalho que estava tendo por ele. Calçou as chinelas e dirigiu-se vagarosamente, pé ante pé, até o aposento onde ela estava. Seria uma surpresa. As lâmpadas dos corredores não tinham sido apagadas. Foi. Ao aproximar-se, ouviu um cicio, vozes abafadas... Que seria? A porta estava fechada.

Abaixou-se e olhou pelo buraco da fechadura. Ergueu-se imediatamente... Seria verdade? Olhou de novo. Quem era? Era o primo... Eles se beijavam, deixando de beijar, escreviam. As folhas de papel eram escritas por ele e passadas logo a limpo pela mulher. Então era ele? Não era ela? Que devia fazer? Que descoberta! Que devia fazer? A carreira... o prestígio... senador... presidente... Ora bolas!

E Numa voltou, vagarosamente, pé ante pé, para o leito, onde sempre dormiu tranquilamente.

O AUTOR

LIMA BARRETO (1881-1922) foi o pseudônimo de Afonso Henriques de Lima Barreto, um importante escritor brasileiro.

Foi um dos primeiros autores a abordar questões sociais e raciais de forma crítica em sua obra. Sua experiência como afrodescendente no Brasil do início do século XX teve um grande impacto em sua escrita.

Sua obra mais conhecida é o romance "Triste Fim de Policarpo Quaresma", publicado em 1911. O livro conta a história de um nacionalista fervoroso que se torna ridicularizado e marginalizado pela sociedade por suas ideias e ações.

Lima Barreto também foi um crítico mordaz da sociedade brasileira de sua época, denunciando a hipocrisia, o preconceito racial, a corrupção e a desigualdade social, num tom satírico e irônico.

Apesar de ter produzido uma obra de grande relevância, Lima Barreto enfrentou dificuldades financeiras e problemas de saúde ao longo de sua vida. Faleceu relativamente jovem, aos 41 anos, vítima de complicações devido ao alcoolismo.

Postumamente, a obra de Lima Barreto ganhou reconhecimento e admiração, e o autor agora é considerado um dos grandes escritores da literatura brasileira, conhecido por sua crítica social e sua representação autêntica da vida no Brasil no início do século XX.